La visio m’a tuer

Du même auteur

Dictionnaire du nouveau français
Allary Éditions, 2014

Facebook m'a tuer
avec Thomas Zuber,
NiL, 2011, Pocket

L'open space m'a tuer
avec Thomas Zuber,
Hachette, 2008, rééd. Pocket, 2015

Alexandre des Isnards

La visio m'a tuer

ALLARY ÉDITIONS
5, RUE D'HAUTEVILLE, PARIS Xe

Ting !

Ce livre m'a été suggéré par un contact LinkedIn : « À quand *Le télétravail m'a tuer* @Alexandredesisnards ? » Au début, son idée m'a paru curieuse. Le télétravail ne tue pas, il libère. Des transports, des collègues bruyants, des interruptions intempestives dans l'open space… Chacun s'organise à sa guise, travaille à son rythme. Il est réclamé par les jeunes à l'embauche, les salariés et les freelances. Les entreprises l'ont adopté pendant le confinement et l'utilisent depuis abondamment. Bref, tout va bien. Vraiment ?

Non, pas vraiment. Le message reçu de ce contact LinkedIn n'était que le premier d'une très longue liste de témoins qui voulaient partager leur quotidien de télétravailleur. Les visios qui s'enchaînent sans interruption pour se dégourdir les jambes dans le couloir et débriefer entre collègues, le surbooking des agendas partagés, les journées statiques, l'œil rivé sur la pastille verte, nouvelle pointeuse des temps modernes, les pauses café qu'on prend seul dans sa cuisine, en culpabilisant, c'est aussi et surtout cela le télétravail. Loin des images d'Épinal du salarié surfeur bossant ses *slides* entre deux vagues.

Le télétravail s'est généralisé. Désormais, on peut travailler de partout, et du coup, on travaille partout. Dans la cuisine, le salon, sur un quai de métro, en week-end, en vacances, en couple, en famille. Et papa, maman ou son conjoint en réunion avec un casque de téléopérateur au milieu du salon, ça saoule.

Par vases communicants, le télétravail a vidé les bureaux. Les cafét' sont moins vivantes, les couloirs souvent déserts. « Qui est là demain ? », se whatsappe-t-on pour s'assurer qu'on ne sera pas seul (ou que Sonia, qu'on n'aime pas, sera bien absente). Les présences sont alternées. Deux jours par semaine de télétravail est la formule la plus répandue. Résultat : les collègues ne se connaissent plus. Il faut donc recréer de la convivialité, quitte à la forcer lors d'afterwork ou de séminaires. Et retrouver une spontanéité… quitte à l'organiser en ligne (si, si, cela existe, certains prennent des cafés virtuels avec un collègue croisé par hasard en visio).

Pour éviter le sentiment de vide (et économiser des mètres carrés), beaucoup d'entreprises ont opté pour le *flex office*. En clair, il n'y a plus de place pour tout le monde. D'où une organisation des bureaux sans places attitrées, assortie de l'obligation de faire place nette le soir (*clean desk policy*) et ce sentiment étrange : si ma place est nulle part et partout, ne suis-je pas moi aussi interchangeable du jour au lendemain ? Dans les flex, les salariés errent à la recherche d'un bureau. Faute de quoi ils atterriront dans une « bulle de calme » ou sur l'un des canapés des zones de convivialité… en réalité des agencements inadaptés pour travailler. Certaines entreprises, découvrant ce que le télétravail leur fait perdre – créativité, intégration des nouveaux, cohésion des équipes, sentiment d'appartenance –, sont tentées de revenir en arrière, mais il est trop tard. Elles n'ont plus assez de mètres carrés pour accueillir tous leurs salariés et les Gen Z sont nés dans le monde des réunions en visio. Ils ont passé des oraux de concours ou ont été recrutés via un écran. Pour eux un bureau, c'est un ordinateur, un casque et une connexion Internet. La bascule s'est effectuée.

Les bureaux ne seront plus jamais comme avant. Les salles se sont équipées pour des réunions hybrides, à la fois en présentiel et distanciel, avec des caméras qui zooment sur votre visage quand vous prenez la parole. Fini la spontanéité d'un échange d'idées en chuchotant à son voisin, les *off* se font sur WhatsApp ou sur Slack. Toujours par écrit, même quand c'est à base d'émojis. Les réunions 100 % présentielles ont quasiment disparu. Le réflexe par défaut, c'est désormais de se retrouver sur Teams ou Google Meet. Peu importe que l'on soit présent dans le même bâtiment.

Alors le soir, on se rend tous sur LinkedIn, où certains confient leurs événements les plus intimes. Personnel et professionnel se brouillent, jusqu'à l'absurde.

C'est cette réalité du télétravail que j'ai voulu montrer, en partant du quotidien de celles et ceux qui le vivent. Je remercie les membres de Reddit, les abonnés de LinkedIn et les télétravailleurs qui se sont confiés à moi et m'ont donné la matière première de ce livre. Les prénoms ont été changés, les scènes recomposées pour préserver l'anonymat des entreprises et des témoins, mais tout ce qui suit est vécu. Les échanges sur les plate-formes de visio sont des citations.

Comme dans *L'open space m'a tuer* et *Facebook m'a tuer*, coécrit avec mon ami trop tôt disparu Thomas Zuber, l'accent est mis sur les excès et les travers de ces nouvelles façons de travailler, à la fois pour provoquer le rire et une prise de conscience : le télétravail n'est pas seulement du travail à distance, mais une révolution dans le monde du travail. Et elle impacte chacun de nous.

Vous êtes en salle d'attente, votre hôte va bientôt vous faire entrer. Ting ! Bienvenue dans la vie de bureau sans bureau. Bienvenue dans la visio.

Mais ils sont où, tous ?

D-day chez Fromageries Belle, une entreprise agroalimentaire en plein boom. Dans dix minutes, leur agence de communication vient chez eux présenter le bilan d'un an de campagne publicitaire. Ces douze derniers mois, Belle a beaucoup investi en achat de médias. Ils ont même lancé leurs premiers spots TV. Ce grand raout *corporate* mobilise tout le marketing de Belle. Sandra, responsable des réseaux sociaux, en fait partie. Aujourd'hui, elle a sorti les talons.

8 h 40. Sandra arrive dans le grand hall et aperçoit le CEO et la directrice du marketing qui accueillent le groupe de consultants de l'agence. Parmi eux, elle reconnaît Stephen, le *digital account manager**, et le rejoint.

– Bonjour Stephen, alors ? Pas trop de problèmes pour venir ?

– Ah ! salut Sandra. *Nope* c'était *easy* en vélo. (Il lui montre son sac à dos étanche Rains Rolltop.)

* Directeur de clientèle.

8 h 50. Tout le monde entre dans la grande salle média. Stephen et les autres consultants s'installent au premier rang et déplient leur Mac en silence. Sandra s'installe au troisième rang, derrière les huiles de Belle. L'*office manager** allume le dispositif de caméras et de micro qui permet de retransmettre la réunion pour les télétravailleurs.

Plein de fauteuils inoccupés, quelques chuchotements dispersés, le souffle du rétroprojecteur… l'ambiance est sinistre. Stephen monte sur l'estrade et branche son connecteur. Pendant que son Mac s'allume, il tente un petit *ice breaker.*

– J'espère que tout le monde a pris son café, il risque d'y avoir pas mal de chiffres.

Quelques rires forcés se font entendre. Le spectacle va commencer avec plus d'intervenants que de public… Le CEO s'impatiente et souffle à sa dir' com : « Mais ils sont où, tous ? » Stephen a la télécommande à *slides* en mains et attend les instructions. « Allez ! On démarre. Ça va les faire venir », décide le CEO.

« Nous avons déployé une stratégie TV couplée à un dispositif digital afin d'activer les leviers et de capter les cibles… »

Stephen a démarré, mais personne en approche. Sandra fait le compte dans sa tête : en incluant les membres codir, il n'y a que dix personnes de chez Belle dans la salle. Elle rouvre l'invit' Teams de l'événement :

* Nouveau nom pour les services généraux en entreprise.

soixante-dix personnes étaient conviées. Ce très faible ratio d'invités présents explique l'agacement de son CEO. Il était pourtant précisé « Présence sur site ». Sandra est vaguement inquiète. Si ça se trouve, c'est une contestation collective. C'est le *quiet quitting**…

Elle ouvre la réunion sur Teams comme si elle était en mode distanciel pour constater le nombre de connectés : une mosaïque de soixante visages apparaît peu à peu. Sonia, John, Maud… en fait, ils sont tous bien présents… mais virtuellement !

Antoine, son collègue et ami, compte parmi eux ! Sandra le contacte sur le tchat de Teams.

Sandra

Mais t où ? ! Je suis toute seule !

Antoine

Chez moi, Mina est malade…

Sandra

Tu parles, lâcheu ! 😄
Y a un gros malaise ici.
On est que dix de chez nous.

Antoine

Et Pubissix ? Ils sont combien ? Je vois pas bien là.

---

* Démission silencieuse, phénomène en vogue redouté des managers et des RH. Les salariés concernés restent en poste en effectuant juste le travail qui leur est assigné.

Sandra
15

Antoine
Wow, à 800 € jour, ça nous fait du 12000 € la journée !
💰
Mais ils sont où les pioupious de chez nous ?

Sandra
No idea my dear en tt cas moi je suis contente d'être là. Stephen, il est bien mieux en présentiel ! 😉

Antoine
😂💁

Sandra s'amuse à comparer le beau Stephen en vrai et en direct *live* sur Teams, pendant qu'il déroule ses *slides* face aux quelques directeurs de Belle. En gros plan filmé par la caméra de la salle média, il n'y a pas photo : Stephen est bien mieux en présentiel !

La salle est calme. Les connectés sur Teams sont en mode *mute**. Le CEO prend sa pose de sphinx. Sandra le connaît bien, il attend la fin de la présentation pour faire son petit *insight*** percutant.

---

* Leur micro est désactivé.

** Terme très utilisé dans le marketing. De l'anglais *inner sight* (regard intérieur, sagesse), un *insight* est plus qu'une idée premium, c'est une pensée originale qui éclaire.

Fin de la présentation. Le CEO n'a finalement pas d'*insight*. Mini-break, la salle se disperse. Sandra envoie vite un petit message à Valentin, son alternant, pour lui demander d'avancer sur le compte rendu et file rejoindre Stephen à la Tisanerie.

– Merci pour ta prez, Stephen, c'était très bien. Et désolé pour le monde. Ou plutôt l'absence de monde. D'habitude, on n'est pas si nombreux en télétravail en même temps.

– T'inquiète ! Les meilleurs sont là, répond Stephen en trinquant avec son gobelet d'espresso.

Reprise. Les consultants attaquent la présentation du bilan média par média. D'abord la campagne TV. Sandra n'est pas directement concernée et scrute à nouveau la mosaïque des participants en distanciel. Leur nombre réduit la taille de leurs visages à des timbres-poste.

Elle se demande ce que font les pioupious de son équipe. Elle espère que Valentin, son alternant, suit attentivement et prend des notes. En tout cas, elle lui a demandé un compte rendu. Maud, elle, doit écouter d'une oreille et tchater avec les autres chefs de projet. Quant à Audrey, elle est sûrement en train de réseauter sur LinkedIn.

On arrive enfin à la partie radio-affichage de la prez. La consultante chargée de la campagne plombe tout le monde avec ses *slides* trop chargés. À la fin, elle demande s'il y a des questions.

Sandra
Pas de question 🙏 j'ai trop envie d'une clooooope.

Antoine
Toxico !

Ouf ! Sandra sort de la salle, clope à la main, et se dirige énergiquement vers la grande porte tournante du hall, quand elle reconnaît quelqu'un, dehors, qui écrase la sienne. C'est Valentin, son alternant ! Elle attend qu'il rentre pour l'interroger.

– Mais enfin… t'étais où ?

– Bah, à mon bureau…

Abusé ! Sandra est soufflée. Elle se retourne et voit une foule de collaborateurs descendre les escaliers en direction de la Tisanerie. Un à un, en file indienne, ils viennent prendre leurs plateaux-repas sous le nez du CEO médusé. Les gens connectés en distanciel n'étaient donc pas chez eux, mais à l'étage au-dessus, derrière leur poste de travail. Le télétravail au bureau… Cela se pratique aussi !

Elle en interpelle un au hasard.

– Vous savez qu'on avait réservé une salle pour la réunion ?

– Ah, oui, mais on voyait mieux de notre bureau. Et on est plus efficaces avec un double écran.

« Ils sont jeunes », se dit Sandra, qui n'est pas vieille, mais pas *Gen Z* non plus. En tout cas, elle n'est pas *visio native*. La plupart ont été recrutés pendant le Covid, ils n'ont connu que des réunions distancielles. Aller à la rencontre d'une agence qui a fait l'effort de se déplacer, ça ne les a pas effleurés.

Pour les « pioupious » de Sandra, récemment arrivés sur le marché du travail, la visio est le mode de réunion par défaut. Pour les « anciens », le basculement est en cours. Certains réfractaires s'insurgent, en vain, contre la disparition de l'assistance lors des grands rendez-vous. On peut les comprendre. Eux qui ont connu la force du nombre en réunion « réelle ». Ils se sentent perdus dans ces salles vides. Les jeunes ne partagent pas cette nostalgie. Reste le constat, un peu amer, que les écrans ont fait reculer la présence d'un cran.

La grammaire des émojis

Métro ligne D à Lyon, station Sans souci, 8 h 00, les passagers sont dans le gaz. Sauf Xavier, tout feu tout flamme avant son point d'équipe ce matin. Il a finalisé ses slides ce week-end, a répété une dernière fois hier soir. Il a hâte de délivrer. Quatre stations pour faire le vide. Il lance l'appli de *L'Équipe* pour lire le récap du match Bayern-Real qu'il a raté hier soir. Mais une notif' WhatsApp de son groupe familial le distrait. C'est sa cousine Alix.

Alix

Joyeux anniversaire Xavier ! Deux jours de retard mais qd on aime on ne compte pas 🙂😘😘😘

Samedi dernier, Xavier a reçu une pluie d'émojis de sa famille et des amis. Des cotillons, des bisous, des gâteaux surmontés de bougies. Sa pote Juliette s'est fendue d'un cœur enveloppé d'un ruban, sa tante Marta d'un cœur étincelant. Tout cela lui a procuré autant de joie qu'une newsletter de sa mutuelle. Mais bon, il a pu traiter l'affaire en fin de journée par un lapidaire mais suffisant : « Merci la famille pour tous vos messages, ça fait trop plaisir. » Pour le message d'Alix, un petit cœur en réaction suffit amplement, mais du coup, il n'a pas pu lire son article sportif.

Xavier débarque dans l'*open space* à 8 h 40. Il croise Frantz, qui lui propose un petit café. « Désolé, pas le temps ce matin. Mais on déj' ensemble si tu veux ? » Frantz lève le pouce, c'est acté. Xavier file au fond de la salle et s'installe. Avant son point d'équipe, il doit répondre à Tania, la responsable de l'acquisition des talents* de la boîte. Elle lui a envoyé une série de profils pour le stage de *sales content* qu'il doit valider ce matin. Trois fois déjà qu'elle le relance.

Xavier est responsable du marketing de SwifteXchange : une plateforme de services qui propose aux PME des transferts optimisés pour leurs paiements internationaux. Douze bureaux, trois cents Swiftiens. À ce niveau, on ne peut plus parler de start-up. La transition a été difficile, mais ils sont en plein boom cette année. Et ils ont réussi à préserver l'ambiance des débuts : on joue au ping-pong entre midi et deux ; des collaborateurs travaillent jambes allongées sur des grands canapés, chacun va à son rythme et sa manière sans jugement. Il y en a même qui utilisent vraiment la salle de repos pour faire la sieste ! Ça rigole, ça bosse et ça sent le

* Talent acquisition : chargé du recrutement. On ne dit plus « ressources » mais « talent ». Ce terme flatteur permet de valoriser les nouvelles recrues à peu de frais.

nem grillé dans l'espace convivialité. Chaque mois, des nouveaux sont *onboardés** : des profils cool, agiles, qui aiment faire face à deux écrans avec plein de données en arborescence et de la musique plein les oreilles.

Xavier ouvre les premières fiches de Tania. Pas mal celui-là. EDHEC l'année, Uber Eats l'été, au moins ce n'est pas un fils à papa. Et celle-là, club d'aviron depuis trois ans. Belle ténacité. Bienvenue chez nous. Et celle-là… Ting ! Notif' LinkedIn. Il ouvrira plus tard. Ah mais, non, c'est Philippe, le prospect bien chaud qu'il a croisé à TrustTech la semaine dernière. Xavier lui avait envoyé la brochure de SwifteXchange. Il regarde sa réponse :

👍

Que penser ? Est-ce positif ou au contraire une manière de temporiser rapidement formulée ? Les émojis sont des raccourcis émotionnels, mais pour les interpréter, il faut un contexte. Là, Xavier est démuni. Pourtant, LinkedIn encourage ce genre de réponses. Quand vous recevez un message privé, le réseau social professionnel vous suggère trois réactions : émoji pouce levé, émoji rire, émoji moue dubitative. Dubitative, c'est la tête que fait Xavier.

Il tombe sur une autre notif'. Élise, son ancienne collègue, a été promue chez Boréal. Bravo à elle.

---

* *Onboarding* : intégration des nouveaux en groupe. Les *onboarding* comprennent les incontournables tours des bureaux, repas d'intégration, remise du badge d'accès, mais à l'échelle. Le terme anglais contient la promesse d'un voyage d'affaires, mais en mode charter.

Elle annonce la nouvelle dans une courte vidéo qui déclenche un concert de louanges.

Elisabeth Taylor
Senior Data Consultant at Ôdiences
😍

Carole Castello
Global HR Transformation and People Development & Learning Director for Finance and Legal métiers at Boréal
Well done 🔥🔥

Andjela Martin
Beauty advisor
Bravo Élise Lussait c'est mérité.

Thomas de Maleva
Responsable régional chez Boréal
Une belle illustration des possibilités de carrière au sein du groupe et de la méritocratie 👏

Élise Lussait
Global Marketing Project Manager Boréal Paris
Merci 🙏

Dans ces célébrations, les émojis font figure de confettis. Xavier like Élise Lussait.

9 h 20 ! Dans cinq minutes, le point d'équipe démarre. Du calme. Xavier. Focus. Il part s'installer en salle médias au premier étage – l'écran est grand et le son, bon – et *plugge* son ordi. 9 h 29. Teams est ouvert. Devant

la caméra, Xavier ajuste son col et aplatit son éternel épi avant de « Rejoindre la réunion ». Dans une minute, il sera en direct *live* avec les jeunes responsables clientèles des succursales européennes, une vingtaine de collaborateurs, de 25 à 35 ans, dispersés à Munich, Liège, Rotterdam, Milan, Sofia... Lui, 38 ans, au siège à Lyon. Pour la plupart, c'est leur première réunion internationale. Pour Xavier, c'est son premier point d'équipe à distance.

Tong ! tong ! tong ! Une série d'initiales remplit l'écran. Aleko, Hans, Christine, Johannes, Federico, Joris, Anouk, Andrew, Liam... Ils ont tous désactivé la caméra et mis leur micro sur *mute*, pour éviter les interférences. Xavier se retrouve face à un mur noir et un silence de plomb. Il est le seul à afficher sa bobine.

*– Hi guys. ... Is everyone here ? No ? We'll wait another minute or two and get started**.

L'éternel malaise de l'attente. 9 h 34. Xavier commence sa présentation. Première *slide*. Silence. Deuxième *slide*. « N'hésitez pas à m'interrompre si vous avez des questions. » Silence. Son speech semble ne provoquer aucune réaction. Seul dans la belle salle Cerise, Xavier a l'impression d'être un projectionniste qui lance le film au cinéma. Ces n-1 sont téléspectateurs,

* Tout le monde est là ? Non ?... On va attendre encore une ou deux minutes avant de commencer.
(Le point se fait en anglais, mais les paroles sont rapportées en français dans le texte.)

bien engoncés dans l'obscurité, ils assistent à la séance. Sauf qu'on peut espérer qu'ils ne soient pas en train de manger du popcorn... leurs céréales peut-être pour certains... pour ce qu'il en sait. Et il ne peut même pas jeter un œil dans la salle obscure pour prendre la température.

Comment animer sa prez alors ? En présentiel, Xavier sait capter les regards, sentir les réactions, adapter son rythme, éventuellement glisser une digression, un trait d'esprit. Il a appris, avec l'expérience, à soigner son élocution, à détecter les signes d'incompréhension ou de décrochage, et à rebondir quand il fait mouche. « Le *body language*, Xavier, sois attentif au *body language* ! », lui disait sa prof' de media training. Mais là, il avance dans le noir. Lui qui adore se balader sur une estrade et faire des blagues ne donne à voir que son visage dans un face cam qui ne met personne en valeur. Et il ne va quand même pas leur demander : « Vous êtes là ? », « Comment ça va ? » façon *showrunner*. Non, il enchaîne les *slides* en partant du principe qu'on le suit.

– On a eu des retours très positifs qui ont apprécié la lisibilité des tableaux de bord... Voici les verbatim de nos clients. On est très contents...

Une petite voix qui s'élève de la forêt d'initiales interrompt Xavier.

– Partagez-vous quelque chose ?

Quelle bande de moutons apathiques. Dix minutes qu'il s'époumone à commenter des charts qu'ils ne voyaient même pas ! Xavier se sent crétin d'avoir oublié de cliquer sur « Partager du contenu ». Pourquoi personne ne lui a rien dit ? Du calme. Ce sont des analytiques, des introvertis et ils ne se connaissent pas entre eux. Xavier se souvient d'une visio lors de laquelle personne n'osait interrompre le speaker. La connexion était mauvaise, on ne pigeait qu'un mot sur trois. Pas facile d'interrompre quelqu'un pour lui annoncer un souci. Xavier choisit de remercier celui qui a osé briser le silence :

– OK d'accord. Merci beaucoup Johannes. Vous voyez bien mon document à présent ?

👍, répondent Liam, Hans et Johannes dans le tchat Teams.

Xavier reprend ses explications d'une voix posée comme si de rien n'était. Quand on trébuche, on peut vouloir en finir vite. Sa prof' de media training l'a mis en garde contre ce mauvais réflexe. Il faut, au contraire, recapter l'attention de son auditoire. Xavier est dans les temps. Il lève le pied et s'assure que ces propos sont clairs et intelligibles jusqu'à la fin. Puis, il ferme son *slideshow* et réapparaît à l'écran. Et c'est là qu'il pose LA question.

– Bon voilà. Des questions ? Des réactions ?

Silence. Les secondes s'égrènent… Personne n'ose réagir. Ça devient malaisant.

– Bon ! J'imagine que c'était très clair. Bah, si c'est bon pour vous, c'est bon pour moi.

Xavier joint ses mains comme un prof de karaté en guise de remerciement et s'apprête à quitter la réunion quand, en bas de son écran, quelque chose gigote : deux petites mains jaunes tapent l'une contre l'autre, trois fois. Clap clap clap. Peu après, une autre paire de mains. Clap clap clap. Par contagion, un concert de petites mains jaunes anime tout l'écran. Puis, chacun se retire. Et Xavier se retrouve seul en salle Cerise.

Merci à Hans qui s'est décidé à cliquer sur « *React* » dans Teams ! L'appli collaborative de Microsoft offre à ses 300 millions d'utilisateurs la possibilité de partager leur réaction sous forme de quatre émotions : Love, Applaudissements, Rire, Surprise : l'Ennui, l'Amertume ou la Colère ne figurent pas au menu !

Mi-figue mi-raisin, Xavier ramasse son ordi. Clap clap clap mais encore ? La réunion lui laisse le même goût que le gâteau de ses 38 ans : fade, édulcoré. C'est bien gentil ces applaudissements préenregistrés 2.0, mais il aurait aimé un peu d'interaction, des questions, des échanges, des observations. Un minimum de feed-back ! Là, il a l'impression d'avoir fait un one-man-show dans une salle vide, sans même la possibilité de lire les commentaires des personnes connectées au *live*.

Lui vient étrangement à l'esprit l'image de ces bornes à la sortie des toilettes des stations-service. Trois boutons à l'effigie de smileys : vert souriant, orange mitigé, rouge fâché. Tout est devenu l'occasion d'évaluer son « expérience » et de nourrir la bête insatiable des statistiques.

Xavier décide de conclure par un message sur la chaîne Teams de son équipe.

(Re)bonjour à tous,
Merci d'avoir tous été là et de m'avoir écouté.
Target pour la prochaine réunion : partager l'écran ☺
Je vous envoie rapidement les informations présentées + plan d'action.
À très vite,
PS : Je suis preneur de tout retour sur le format pour les prochaines

Vous avez vu ? Xavier aussi a mis un smiley. Les émojis font désormais partie du « savoir-être » distanciel. Leur chaleur ajoutée est devenue incontournable sur les plateformes collaboratives. Sur Teams, un simple « OK » sonne sec. Un « OK + smiley » est tellement plus sympa. Et permet de masquer ce qu'on pense vraiment. Quand on ne sait pas comment réagir, l'émoji est devenu le substitut idéal à nos sentiments. Un signe préétabli simple et efficace. Le fast-food de la communication.

Virtuel ou irréel ?

Marina est auditrice qualité de la filiale française de JSK, un grand groupe pharmaceutique américain. Cette jeune *compliance officer* fait partie de l'équipe chargée du respect des normes d'un site de production de vaccins au nord de la France. La maison mère bostonnaise a vite repéré son potentiel. La politique d'audit digitalisée qu'elle a mise en place avec son n+1 a impressionné. Résultat, elle fait partie des trois talents français retenus au programme international de développement de carrière du groupe. Comme lui a dit Meghan au téléphone, la responsable RH chargée de ce programme : «*We are curious to understand how you manage to do that in France**.» Le secteur pharmaceutique est en plein boom depuis le Covid, des talents comme elle, JSK doit les fidéliser.

Marina est convoquée à sa première session du programme Talents à 12h30, dans une demi-heure.

* «Nous sommes curieux de savoir comment vous avez réussi ça en France.»

Il s'agit d'un *workshop* sur les *soft skills*. Elle n'en sait pas plus. En attendant, elle reçoit une notif' Slack. Encore Philippe ! Deux fois ce matin ! Elle répond au directeur de la *supply chain* :

Dsl, j'ai un call à préparer.
Je reviens vers toi dans l'aprèm.

Et se lève pour quitter son bureau, mais Lorraine, sa n+2, se dirige vers elle.

– On peut se voir ?

– Pas maintenant Lorraine. J'ai mon *workshop* Talents qui débute.

– Ah, mais bien sûr. Très, très bien, ça. On parlera plus tard. Bonne session.

Hypocrite Lorraine. Elle fait mine de se réjouir de sa nomination alors que c'est son n+1 qui a dû intercéder pour que Marina participe au programme. Lui et Lorraine sont en conflit larvé.

– Merci. À toute !

Ordi et casque Jabra sous le bras, Marina s'extirpe discrètement de l'*open space*. Instructions des RH : pour éviter que certains en interne se vexent ou la jalousent, son équipe ne doit pas savoir qu'elle a été désignée « talent » par Boston. Elle passe chez Frichetea s'acheter un tataki saumon et une bouteille d'eau, puis migre à pas de loup à travers un long couloir au bout de l'autre aile du site. Elle s'installe dans la salle solo qu'elle a réservée. Elle y sera tranquille pour sa visio.

Enfin tranquille… Marina ne l'est pas vraiment. Une formation aux *soft skills* en distanciel ? Ça sent la réunion *bullshit* à plein nez. Et puis, qu'attendent-ils d'elle au juste ? Son n+1 lui fait confiance et ne l'accompagnera pas. Très bien, mais fallait-il préparer quelque chose ? Son côté Hermione Granger prend le dessus. À son arrivée dans l'entreprise, Marina a dû participer à un jeu collectif sur le thème Harry Potter afin de déterminer le profil de chacun. Elle a été étiquetée Hermione, la bonne élève*.

Marina pose son ordi et se *plugge*. Pendant que la connexion s'établit, elle boulotte son tataki saumon. Les US ne plaisantent pas avec la ponctualité. À 12 h 30 pile, Marina clique sur « Rejoindre » dans Teams sans un regard pour son visage pâle et cerné affiché sans indulgence par sa webcam.

Meghan, l'Américaine responsable du programme, est à l'accueil dans sa fenêtre. Ting. « Hello ! » Ting. Ting. Ting. « Hi ! », « Hi ! » « Hi ! ». Les participants surgissent en cascade, tels des pop-ups. Les fenêtrent rapetissent au fur et à mesure que la visio se peuple. Meghan accueille ses paquets de talents par des « Hello » lancés au petit bonheur. Mais ils sont combien ?!? Marina lâche un « Hello ! » bien tonique parmi le brouhaha de salutations. Meghan démarre par la présentation de l'intervenant.

* Le succès de la saga *Harry Potter* fait qu'on la retrouve partout, jusque dans le milieu professionnel qui se l'approprie pour la remettre en scène dans des ateliers « cool et tendances ». Hermione Granger est une héroïne connue pour son sérieux, son assiduité et ses excellents résultats.

– *Welcome to Laura, co-founder of StunningIf, a career development company. The presentation will be in English, so don't hesitate to interrupt if it goes too fast for you**.

Meghan poursuit tandis que les derniers participants arrivent. 171 ?! Ils sont 171 ! Ce n'est pas un *workshop*, mais une assemblée de l'ONU. Et il n'y a pas que les talents. Les n+1 chaperonnent certains. Est-ce que le sien aurait dû être là ? Bon, avec autant de monde, elle devrait pouvoir passer sous les radars.

– Laura est très connue en Angleterre. Son TED sur le développement de carrière affiche plus d'un million de vues. Ses podcasts sont passionnants.

Marina checke sur Internet. Wow. 1,7 million de vues, c'est un peu la star du sujet aux UK en fait, cette Laura.

– Ce ne sera pas un *one woman show*, ce sera interactif, poursuit Meghan. Pas de *slides*, Laura dessinera au fil de son intervention, vous verrez. Ce n'est pas académique, le programme s'adapte à vos retours. Alors mettez-vous à l'aise.

Un peu qu'elle est bien installée : sur *mute*, caméra *off*, Marina peut scruter les participants incognito. Leurs noms, leurs fonctions s'affichent. Certains ont même

---

* « Bienvenue à Laura, cofondatrice de *StunningIf*, une société spécialisée dans le développement de carrière. La présentation se fera en anglais, n'hésitez donc pas à interrompre si cela va trop vite pour vous. » (Les propos suivants en anglais sont rapportés en français.)

gardé la caméra. Marina cherche les talents français. Elle en repère deux, qui bossent au siège, à Rueil. Elle note leur nom. Certains sont carrément côte à côte avec leur n+1.

L'écran est subitement envahi par un slogan sur fond noir : « *Make careers better for everyone.* » Laura en est réduite à apparaître dans un petit hublot à droite. L'animatrice prend le micro.

– Merci Meghan, merci beaucoup. Bonjour à tous, Quel plaisir d'être avec vous. Merci de me consacrer une heure de votre temps précieux. J'ai beaucoup travaillé pour que cette session vous soit utile.

Quelques participants sont réduits à des mini timbres-poste sous la fenêtre de Laura. Les autres ont disparu « hors champ ». Marina les fait défiler un par un, curieuse de voir les têtes des personnes retenues comme « Talents » par JSK. Il y a de tout en fait, de tous les âges, tous les échelons et tous les pays. Pendant ce temps, Laura est toujours aussi énergique.

– Nos conceptions de carrières sont figées par des schémas mentaux.

Laura dessine un escalier rouge au feutre virtuel. Très schématique, mais parlant.

– Quand on parle de carrière, on pense souvent à ça. Dans une carrière, on se focalise souvent sur l'échelon au-dessus, c'est un choix qui se présente comme évident, mais n'est pas toujours le bon. Quels sont les mots qui vous viennent quand on vous parle de carrière ?

Les participants répondent dans le tchat. Marina, elle, ne contribue pas. Elle lit. C'est marrant les gens envoient surtout des émojis : fusée, montagnes russes, petit marathonien, TGV, autoroute… Mais écrivent aussi : « rêves », « petits pas », « actif »…

– Notre carte mentale par défaut, c'est un escalier ou une échelle. Cela nous conditionne.

Laura trace une ligne en lacet.

– Parfois, on saisit des opportunités et on fait des bonds. Parfois, on a des passages à vide. Une carrière, ce n'est pas linéaire. Même les marches sont différentes, certaines sont plus hautes.

Pour la deuxième partie de sa prez, elle leur décrit cinq thèmes.

1. Forces : on parlera de ce qui vous donne de l'énergie.

2. Valeurs : c'est votre boussole, ce qui vous aiguille dans ce que vous faites et permet de vous comprendre.

3. Confiance : ce sont vos croyances ancrées qui vous empêchent d'avancer, vos Gremlins.

4. Network : les gens qui vous aident sans forcément attendre quelque chose en retour.

5. Possibilités : ouvrir vos perspectives et vos destinations, les contraintes du réel aussi.

Laura enchaîne sans pause. C'est rythmé, vivant. Marina est happée. Elle détourne son attention des autres participants. Laura tient son monde par son pinceau magique et son art narratif. Elle les invite à indiquer les thèmes les plus importants pour chacun d'eux. « La session portera essentiellement dessus. » Les gens votent, toujours sur le tchat. Marina opte pour « Confiance » et « Network ». Ce sont d'ailleurs les deux qui l'emportent. Laura commence par Network.

– Si quelqu'une vous disait : « Je serais très intéressée de comprendre votre parcours, pourriez-vous m'accorder une heure ? », comment réagiriez-vous ?

Les réactions pleuvent sur le tchat. « Toujours bon à prendre », « Flatté », « 👍 », « Trop occupé »…

– Effectivement, c'est toujours flatteur que l'on s'intéresse à notre carrière. On se sent reconnu et valorisé.

Quelqu'un envoie une main qui s'agite sur le tchat. Laura lui donne la parole.

– On est censé répondre en temps réel ? C'est compliqué en prenant des notes.

– Merci Teddy pour cette intervention. La vidéo est enregistrée, vous y aurez accès. Inutile donc de prendre des notes.

Laura termine son propos sur le *networking**. Marina,

---

* Art d'entretenir son réseau et son carnet d'adresses.

de nature introvertie, est nulle en réseautage, et là, la technique de Laura lui parle. Elle planifie mentalement douze rendez-vous potentiels au sein du groupe, puis se reconcentre, elle appréhende la suite : Laura va parler des peurs professionnelles.

– Confiance ! On va à présent parler de votre Gremlins. Vous avez la référence ? Le Gremlins, c'est votre peur maîtresse. Celle qui se cache en vous et surgit au pire moment. On en a tous une. Moi, par exemple, j'ai peur du conflit, d'être à l'origine de tensions qui divisent. Je n'osais jamais soumettre des sujets délicats, surtout en petit comité, de peur que ça dégénère. Ma technique pour mettre mon Gremlins en cage, c'est de me dire : «Je ne vais pas générer de conflits, mais des opinions divergentes. Ce débat est fécond. Et c'est moi qui ai permis cet échange d'idées.» Voilà, à présent, vous allez en discuter entre vous pendant un quart d'heure.

Laura clique sur «Créer des salles pour petits groupes» et, comme par magie, les participants du Teams s'effacent. Un compte à rebours s'affiche. 4-3-2-1... Et hop, les 169 participants sont dispersés de manière aléatoire et se retrouvent par 4 dans des salles virtuelles.

169 participants. 43 salles. Marina se voit catapultée room 19. Une fenêtre Teams s'ouvre avec trois autres participants. Parmi lesquels... Emmy, sa référente au siège de JSK à Boston, sa n+4 avec qui elle échange

régulièrement sur les standards de qualité. Lui confier son Gremlins ? *No way.*

Marina, Emmy, Jayati et Alfredo se découvrent dans la pièce virtuelle, en gros plan. Jayati est indienne, Alfredo espagnol, Emmy américaine et Marina française. Et ils ont quinze minutes pour confier leur peur professionnelle la plus profonde.

Marina
– *Hi everyone.*

Emmy décide de répondre en français pour briser la glace avec sa subordonnée.
– Bonjour Marina, comment allez-vous ?

Marina
– *Fine and you ? I answer in English because I don't think everyone understands French here**.

Emmy, qui, décidément, tient à montrer qu'elle est polyglotte :
– *Podemos hablar en español si lo prefiere ?*

Alfredo
– *Ah que bien ! hablan español aquí ?*

---

* « Très bien et vous ? Je réponds en anglais car je ne pense pas que tout le monde comprenne le français ici. »

Marina
– Heu... Mon espagnol n'est pas très bon. Il vaut mieux poursuivre en anglais, pour votre propre bien.

Jayati
– Oui ! L'anglais me convient mieux. Je préfère. Mais excusez-moi, Marina et Emmy, vous vous connaissez ?

Emmy
– En effet Jayati. Pourquoi ne pas lancer l'exercice ? Qui veut commencer ?

Jayati
– OK, donc moi j'ai toujours peur de ne pas bien faire. Je passe beaucoup de temps à vérifier et revérifier, à m'assurer que tout est ok. Je crois que je souffre du syndrome de l'imposteur...

Jayati a un accent à couper au couteau. Mais Marina a quand même compris. Pratique le coup du syndrome de l'imposteur, ça passe bien comme peur.

Emmy
– Merci Jayati d'avoir partagé cela. Et vous, Alfredo ?

Alfredo
– D'abord, j'adore cette idée de Gremlins. J'ai parfois une petite voix qui me dit : « Tu n'es pas clair, personne ne va te comprendre. »

Marina

– J'ai le même problème ! C'est pour ça que souvent je n'ose pas parler en public. Mais en fait, moi, j'ai surtout peur d'avoir l'air ridicule.

Emmy

– Merci Marina. Merci Alfredo. À mon tour ! Moi, je suis obsédée par les petites choses. Et souvent, cela me prend trop de temps. Distinguer la perfection de l'excellence est difficile pour moi. Mon Gremlins, c'est Bree Van de Kamp. Vous connaissez ce personnage dans la série *Desperate Housewives* ? Obsédée par l'ordre.

L'entretien à quatre s'est en fait limité à une succession de poncifs peu constructifs, personne ne s'est livré. Chacun a joué le jeu des « qualités et défauts », interchangeables, que l'on mène en entretien RH. La room 19 disparaît. On revient à 169 participants. Laura reprend la main.

– Pouvez-vous me dire ce que vous avez ressenti pendant cet exercice ?

« En sécurité »… « Ça m'a un peu libéré »… « Je pensais que ce serait difficile mais finalement non »… « On a souvent les mêmes peurs »… « Moi j'ai trouvé ça un peu inconfortable j'ai pas aimé », « C'était lovely 🥰🥰🥰 »… « Facile d'exprimer ses peurs quand on ne connaît pas les autres »… « C'était super d'être avec vous @Yan

@Lisa @Francis » ♡♡♡♡… « Moi j'étais toute seule dans ma pièce j'ai discuté avec personne 😢 ».

Laura enchaîne. À 13 h 30, pétantes, elle clôt le *workshop*.

– Merci beaucoup d'avoir passé ce temps avec moi, j'espère que ça vous a été utile.

– Merci beaucoup Laura, c'était une session extraordinaire. Merci beaucoup à vous tous de vous être joints à nous.

Les participants se déconnectent à coups de *« bye bye », « have a nice day », « thank you », « thank you bye »* 🙌, 🥰, 🫶 dans un brouhaha encore plus fort qu'au démarrage. Certains utilisent même la fonction applaudir de Teams.

Seule dans une petite salle anonyme au milieu d'un vaste site industriel, à la lisière d'une forêt domaniale, Marina se demande si elle n'a pas vécu un mirage. Cette présentation sans lieu a-t-elle eu lieu ? Une présentation ? Quelle présentation ? Les 169 passagers de cette réunion virtuelle ont-ils réellement été présents ? Pas besoin de se déplacer : la session vient à vous. Pas besoin de prendre de notes, le replay est disponible. Pas de pression, la présence du n+1 est facultative.

Comment le groupe JSK aurait pu faire ? Affréter des avions à travers le monde ? Arroser l'atmosphère de kérosène juste pour que quelques éléments prometteurs de l'entreprise se rencontrent ? Ces mégavisios, qui prennent la place des conseils d'administration, des *roadshows*, des introductions en Bourse, permettent de déployer de grands programmes de formation, évitent les déplacements, économisent du temps, de l'argent et préservent la planète.

Mais elles laissent un vide. Aussi faciles à mettre en place qu'à oublier, virtuelles et éphémères, elles passent comme dans un rêve. Marina aurait voulu nouer des contacts, sentir qu'elle fait partie d'un groupe. Comme lors de sa remise de diplôme. Marina aurait aimé être prise en photo avec les heureux élus. Un cliché pour confirmer qu'elle était bien là, et qu'elle fait bien partie d'une promo de talent. Elle aurait pu la poster, et augmenter son employabilité. Et peut-être même se faire des amis en aparté.

Flex office pas si flex

Les animaux marquent instinctivement leur territoire. Nous aussi. Quand on dort d'un certain côté du lit, il devient le nôtre. Quand on décore un appart, ça devient chez nous. Quand on boit dans un verre, personne ne va boire dedans, il est à nous. Au bureau, on fait pareil, on pose son mug, on règle son fauteuil, on scotche une photo… on laisse des traces à notre poste de travail et ça devient le nôtre.

Mais quand on est en flex office, et que cette organisation implique de faire place nette à chaque fin de journée, on devient un matricule. Comment se faire sa place, quand on n'en a plus ?

Chez GrosPuma, on est passé en flex office à l'occasion d'un déménagement. Tous les salariés de cette grande mutuelle ont été rassemblés dans le même immeuble. Avec le télétravail, les bureaux n'étaient plus occupés qu'à 60 % de leur capacité, l'occasion était trop belle de se réorganiser en économisant de la surface. Bien sûr, officiellement, la dir' com raconte tout autre chose.

Chers oiseaux migrateurs,

Nous voici à la troisième semaine de fonctionnement en environnements dynamiques depuis le déménagement. Après une phase de *test and learn**, le *macrozoning*** est fonctionnel et bien intégré par vous tous.

Cet aménagement des espaces permet de favoriser la collaboration et de prendre en compte de nouvelles méthodes de travail agiles et ouvertes. Le nombre de places assises reste bien supérieur au nombre d'usagers sur site.

Votre bureau, c'est l'immeuble ! Selon vos usages. Les espaces « cœurs de vie », avec machines à café et canapés, sont pensés pour favoriser les rencontres et les échanges. Vous disposez aussi de « landing zones » près des salles de réunion, de bulles solo à tous les étages, et d'un espace *corpoworking**** pour travailler en *teams* avec partenaires et prestataires. Le nouvel espace de restauration est ouvert. Et bien sûr, vous pouvez accéder partout au réseau Wi-Fi.

Petit rappel bienveillant : tout bureau inoccupé deux

* À l'origine, « Test and learn » désigne une méthode d'expérimentation qui consiste à vite lancer un produit ou un service, même s'il n'est pas parfait, afin de bénéficier au plus tôt des retours des consommateurs. C'est devenu une expression pro pour dire qu'on improvise.

** Déterminer la localisation des différents services d'une entreprise, des différentes fonctions et leur organisation les uns par rapport aux autres. Les services sont répartis dans un dernier étage.

*** Contraction de *corporate* et *coworking*. C'est donc un *coworking* mais interne. On y travaille entre collaborateurs, partenaires et prestataires tout confondus.

heures d'affilée est considéré comme libre. Et le soir, *clean desk policy* : on fait place nette.

On joue le jeu ! On échange, on explore, on collabore dans la convivialité.

Sylviane Chartreaux
Directrice de la communication interne
« On n'imprime pas, ça tue les arbres. »

Sylviane a choisi ses mots avec précaution. Elle dit « environnements dynamiques » au lieu de « flex office » car « flex » fait peur. Il s'agit pourtant bien de ça : aucune place attitrée. Mais pas un flex radical, un flex aménagé, comme dans beaucoup de grandes entreprises, dans lequel des zones ont été attribuées par département. Il faut bien que chaque collaborateur puisse retrouver ses équipes. Sylviane valorise le nombre de places assises, qui a certes augmenté car le nouvel aménagement permet de s'installer à de nouveaux endroits, mais il y a bien eu réduction de surface.

Bref, on peut s'asseoir partout. Reste à savoir où…

Roman, 39 ans, rédacteur en assurances, depuis trois ans chez GrosPuma, est de très bonne humeur ce matin. Il y a des jours comme ça. Il fait même un petit détour à la boulangerie prendre des chouquettes pour son équipe. Avec un léger risque de retard.

« Bonjour Delphine, une chouquette ? » L'hôtesse d'accueil décline gentiment. Roman badge et se dirige vers les casiers à droite. Il approche son iPhone du box 117.3 qui bipe et s'ouvre. Il attrape son laptop, sa gourde et se dirige vers l'ascenseur. Cinquième étage, direction le quartier 17, le service Assurance habitat où il travaille.

Roman traverse les *benchs** du quartier 4 – le département audit interne – puis rejoint sa zone. Il remarque au passage une densité de présence sur site inhabituelle. Il interpelle une collaboratrice qui a le nez en l'air.

– Salut Sandra, une chouquette ?

– Je dis pas non ! Merci. Ça va, toi ?

– Au top. Dis donc, y a du people aujourd'hui !

– Bah oui, Patrick fait son pot de départ. T'avais zappé ? Y a un gros buffet ce soir dans les jardins zen. Du coup, personne n'est en télétravail aujourd'hui. Même la salle Verlaine est prise. Je t'envoie le lien pour la cagnotte.

– Ha oui, zut ! je me grouille alors. À toute.

Roman laisse Sandra en plan, il n'a aucune envie de participer à la quatrième cagnotte du mois pour un gars qu'il n'a croisé que deux fois à la cantine. Il fonce vers son *bench*, au fond, près d'une fenêtre qui donne sur le parc des Écrins. Mais sur place, il découvre un type assis à sa place. À SA PLACE ! En tout cas, à l'étage, tout le monde sait que c'est là qu'il s'assoit. Manifestement, ce gars n'est pas au parfum. Et ses potes de bureau qui

---

* Attention, un *bench* n'est pas une banquette de bistro. C'est un îlot composé d'une table et de fauteuils de bureau.

ne disent rien… Bon, William, casque de téléopérateur sur la tête, est en visio. Damien cogne ses touches avec deux doigts comme à son habitude. Lucy ne doit pas être loin : elle a « oublié » son chèche rouge sur le dossier de son fauteuil.

Roman reconnaît celui qui a volé sa place. C'est le consultant qui travaille l'offre « Opportunité Zen » depuis un mois dans leurs locaux. Il a dû arriver tôt, a repéré sa belle place, libérée hier soir, et l'a prise. Normal…

Que faire ? Roman ne peut pas réclamer un siège dans un système qui décourage l'appropriation. Il est piqué. Il a l'impression désagréable de s'être fait évincer. Et fâché que ses potes l'aient lâché. Il remballe son laptop, sa gourde et ses chouquettes et part à la recherche d'un bureau libre. Mais où aller ? Va falloir explorer. Et avec tout ça, il est déjà 9 h 40.

Roman retourne au cœur de la « Cyté* », à la matrice des nouveaux locaux : l'ascenseur. De cette colonne vertébrale, des rameaux de chêne vert se déploient sur les murs, le sol, dans tout le bâtiment afin de « créer du lien entre les cytadins ». Autour de l'espace ascenseur, des canapés et des tables ont été disposés pour les rencontres fortuites, mais Roman n'a jamais vu personne s'y asseoir. Lui, en tout cas, n'envisage pas de s'y poser pour travailler. On se casse le dos à travailler en bord de canapé.

---

* Nom donné par les ambassadeurs du programme de déménagement pendant la phase d'accompagnement du projet, eux-mêmes appelés « cytadins ».

Roman descend au 4ᵉ, au département « Finance risques et achat ». C'est calme… Il se sent tel un étudiant qui arrive en retard dans la mauvaise salle de cours. Malgré l'espace « ouvert » et « libre », il ne se voit pas installer son barda au milieu d'un *bench*. Pourquoi ? Des petits indices, laissés « innocemment », comme ce sac à dos sur le fauteuil à droite, des dossiers « oubliés » sur un bureau. On fait plus ou moins place nette la veille, mais on abandonne une marque de notre territoire. Un siège ergonomique est libre. Non, c'est celui d'Antoine qui a des problèmes de dos. Cette place tranquille, au bout de la rangée finale, a l'air libre, mais Roman reconnaît le mug couleur café de Tanguy et son motif délicat : « Fépachié. Spécial filtre à pénibles. »

Roman renonce aux zones de services et tente sa chance dans les « zones collaboratives » au rez-de-jardin. Il descend, traverse la cafétéria et se rend à l'espace corpoworking : une salle de coworking mais qui appartient à GrosPuma. C'est la zone franche de la mutuelle. Aucune entité du groupe n'y a ses quartiers. On peut y rencontrer salariés, prestataires, stagiaires, partenaires. L'espace, conçu comme un jardin d'hiver avec une canopée, est resplendissant. Les ameublements sont en bois biosourcé. C'est léché, beau, vertueux.

Roman n'aime pas du tout. La nature dans les bureaux, ça l'angoisse. Comme un signe effrayant que la vraie nature, « naturelle », est en voie d'extinction. Ces substituts hygiéniques et design, ça le fait frémir. Il s'en fout que le bois soit recyclé et la lumière cosy. Il préfère les néons blafards de son cher quartier 17.

Dans la Canopée, ça grouille. Une forêt d'ampoules jaunes suspendues par de gros fils noirs éclairent des poufs, des canapés et des tables surélevées. Des groupes de gens discutent assis, debout, même allongés. Des ordis, des mugs de café, des gobelets sont éparpillés. Roman ne sait pas du tout où se poser.

Au fond de la salle, un drôle de plafonnier en forme de ventouse à l'abat-jour en silicone éclaire une table en bois, classique, quatre pieds, deux chaises, qui offrent une place libre. Il s'y assoit et installe son barda. Pendant que son ordi démarre, il remarque que son voisin enchaîne des lignes de code sur un écran noir et vert. Il est toujours un peu impressionné par les codeurs. Roman, lui, est rédacteur en assurance. Il saisit des contrats via des formulaires auxquels il ajoute ou retranche des clauses, ça n'a rien à voir. Il n'ose pas lui proposer de chouquettes.

La concentration du geek est contagieuse. D'habitude, Roman démarre par une séquence de *Hot ones** sur TikTok, un petit rituel qui lui met du cœur à l'ouvrage. Mais là, il ouvre direct son contrat en cours et enchaîne les clauses sans pause, sans répondre aux alertes Slack de ses collègues, sans céder au sms de son père qui lui propose de venir déjeuner ce week-end. Il ignore même

* Émission où l'invité répond à dix questions et, pour chacune, doit goûter une sauce pimentée de plus en plus intense.

les blagues de Damien sur WhatsApp. De toute façon, il est un peu fâché contre ses amis. Focus. Focus. En une heure, il fait ce qu'il avait prévu pour la matinée. L'opinion imaginée de ce voisin inconnu l'a poussé à se montrer sous son meilleur jour : appliqué, bûcheur. Manque de bol, sa parenthèse productive enchantée s'interrompt : son voisin prend un *call.*

– Ouais. Non. Il vaut mieux qu'on les *close.* Je vais les effacer pour qu'elles apparaissent plus dans les *merging requests.*

Son voisin parle comme il écrit : en code.

– Côté *back* oui, je peux aller jeter un œil oui. Mmmh. *(Silence, il inspire profondément avant de reprendre.)* Bah, les trucs où c'est une ligne de CSS ça va, j'en ai eu la semaine dernière.

La voix monotone de son voisin résonne comme un bruit blanc à ses oreilles, ça le berce. Son jargon de geek est telle une langue étrangère, finalement ça ne le perturbe pas.

À midi, le geek parti, Roman s'autorise enfin à regarder *Hot ones* et se marre en voyant Jamel goûter un piment 350 fois supérieur à la harissa. Une fois assouvie sa compulsion, il se sent un peu seul au milieu des travailleurs inconnus de cette Canopée en toc. Il envoie un message à sa *team* sur Teams. «Vous déjeunez ?»

Aux côtés de ses collègues de bureau, sur les rails du self, Roman retrouve le sourire. Les quatre compagnons de *bench* s'installent à la même table.

– Je t'jure, dit Roman. L'autre con qui prend ma place…

– On est en flex, mon poulet, dit Damien.

– En « espaces dynamiques », reprend Lucy.

– Ça va quand même ! dit William. On est quasi à la même place tous les jours. C'est pas un flex, c'est pas un fixe, c'est un flix !

– La preuve que non pour moi. Mais finalement, ça a été productif.

– T'étais où ?

– À la Canopée, à côté d'un *geek*. Il dépotait, alors j'ai dépoté. Je me suis senti… inspiré.

– Haha, ça a dû te changer. Tu lui as parlé ?

– Pas osé et pas le temps.

– C'est pas comme ça que tu connecteras avec les autres, ironise Damien.

– Moi j'aime bien ce qu'ils ont fait, rebondit Lucy en mâchant une frite. Bosser sur les poufs, ça m'enlève la pression, les idées viennent. Mais pas à côté de la cafét', je n'arrêterais pas de bouffer. Haha !

– Moi, je voulais juste du calme, dit Roman, pas trop de passage et pas de portes qui claquent. Bon, heureusement, y a plus de portes.

– T'as la salle silence pour ça, dit Lucy.

– Oui, et si tu reçois un appel ?

– Tu vas dans les caissons.

– Laisse tomber, tu passes ton temps à bouger. Et puis j'ai horreur de ces sarcophages.

– Moi, j'aime bien, mais elle est souvent prise par Patrick. Il en a fait son bureau.

– J'avais remarqué, dit Damien. Moi, je bloque niveau hygiène dans ces trucs. Si je devais y aller, je passerais des lingettes partout.

– Oh, le maniaque ! dit Lucy. Tu fais ça à la médiathèque aussi ?

– J'y vais jamais !

– J'ai un peu les boules qu'on m'ait pris ma place, dit Roman. Mais je suis trop content de vous retrouver les gars. Mon bureau, c'est vous !

– Oh, c'est *cute* ! dit Lucy Mais on sait bien que c'est faux. T'inquiète, ton bureau préféré *is back*. Le consultant est parti, on lui a signifié gentiment que tu revenais après déj'. Et c'est sécurisé. J'ai mis mon chèche rouge…

LinkedIn is the new Facebook

Sur Facebook, on affichait qu'on réussissait sa vie perso comme un pro. On likait des belles tartes aux pommes, des vacances à Bali, des enfants épanouis. Mais Facebook, c'est fini, c'est bon pour les darons, les boomers, les comploteurs. On a migré sur LinkedIn. On y va pour des raisons pro et pour clamer qu'on assure sur le plan perso. La plateforme est devenue une immense extension du bas de CV où l'on raconte ses combats, ses challenges. Un événement qui nous anime, une athlète qui nous inspire, un cancer qui ne nous tue pas mais nous rend forts. *LinkedIn is the new Facebook.*

– Quoi ! Tu ne communiques pas sur LinkedIn ? Réveille-toi cocotte. Comment veux-tu que les gens fassent appel à toi s'ils ne savent pas que tu existes ?

C'est la phrase choc que Karine a assénée à Jade pendant leur déjeuner.

Une heure plus tard, Jade est installée à son bureau aménagé dans un coin de son salon et caresse sa souris d'une main molle. Comme groggy. Une erreur stratégique ce cheeseburger. Jade se lève et se ressert un café. Sa copine ne prend pas de pincettes, mais elle tape juste. Il faut vraiment qu'elle communique sur LinkedIn. Mais comment faire ? Communiquer sur quoi ?

Ancienne responsable RH, Jade est coach de dirigeants depuis un an. Elle développe leur leadership et la croissance de leur entreprise et ça marche bien. Mais elle n'a pas assez de clients et arrive à la fin de ses indemnités chômage. Des contacts sur LinkedIn, elle en a plus de 500, mais sans avoir de contacts avec eux. Elle ne les connaît pas vraiment et n'a aucune idée de quoi leur raconter. À son changement de carrière, elle a actualisé son profil, l'a fait grossir tous azimuts, mais sans entretenir les liens. Sur LinkedIn, il y a les sur-visibles et les invisibles, Jade fait partie des seconds. Mais elle a besoin de se faire voir, de booster son activité. En somme, de trouver du taf !

En quête d'inspi, Jade se balade sur le réseau pro pour observer ce que font ceux qui ont du succès. Elle clique d'abord sur ses notifications. « Félicitez Laura Stenniotto pour ses 4 ans chez Lavilla », lui suggère LinkedIn. C'est bizarre cette nouvelle manie de vouloir fêter les anniversaires de vie professionnelle. Ça lui rappelle le *birthday calendar* sur Facebook.

Jade fait l'impasse et poursuit son exploration en déroulant le fil d'actu. Sans surprise, la plupart des membres racontent leur promotion, leur changement de situation. Tiens, même Mona, sa copine « coach en reconstruction de soi », qui a « le plaisir d'annoncer qu'elle occupe un poste de membre de comité d'un réseau » et qu'elle a « l'immense joie d'organiser un symposium ».

8 likes. 1 commentaire. Pas de quoi fouetter un canard. Jade scrolle et s'attarde sur Sylvain. Comme Mona, il avertit aussi son réseau de son nouveau poste mais avec un chouia plus d'enthousiasme.

> **Sylvain Parbeautemps**
> *Innovation, numérique et entrepreneuriat*
>
> 📣 J'ai le plaisir de vous annoncer que j'occupe désormais le poste de Directeur des financements éthiques chez Oureka.
>
> 🚀 Mes #passions sont en symbiose avec cette #aventure avec le gigantesque potentiel des #nouvelles #technologies et de la science, le mécénat à #impact, l'#emploi des jeunes dans le #numérique !
>
> Ravi de rejoindre l'équipe dirigée par Sonia Ricot et de retrouver Chantal de Canton 🙌 et d'adhérer à cet #ADN que nous avons en commun.

Hashtags à tous les mots, ces sauts de lignes à chaque phrase… C'est pénible ! Et ces petits émojis… Un haut-parleur et une fusée. Le gars est directeur des financements, pas Buzz l'Éclair. Mais bon, il affiche sa joie, ça fait la différence. 35 likes, 4 commentaires, c'est mieux que Mona.

Sur LinkedIn, le monde appartient aux euphoriques. Jade le comprend en voyant le post de Luc, qui vient juste de quitter son cabinet de recrutement à Nantes. Pour son *personal branding**, il valorise son expérience passée auprès de son réseau. Classique. Mais quelle mise en scène ! Il a posté cette belle photo de lui en train de déballer les cadeaux d'adieu de ses collègues au moment de son *offboarding***. Et quelle éloquence ! Voici son post.

Luc Parmont
Votre conseil RH – marque employeur – learning – en constante (r)évolution 🌟

Je quitte Rhapsodi 😳

Avec beaucoup d'émotions, mais pour une nouvelle p(l)age ensoleillée 🏝

📖 L'histoire est belle.

De stagiaire au précieux CDI, j'ai vécu l'expérience Rhapsodi, l'expérience d'une vie.

Accompagner Lea et Vialette, Subway, Geodis, La Banque postale, l'Ordre des notaires, et bien d'autres était un réel plaisir.

---

* Littéralement, l'image de marque personnelle. Consiste à promouvoir son image et ses compétences par des techniques marketing utilisées habituellement pour promouvoir une marque.

** *Offboarding* : cérémonie de départ d'un collaborateur.

Je peux dire que j'ai eu de la chance 🍀

Le jeune professionnel que j'étais ne rêvait pas :
➡ De tant de confiance accordée.
➡ De tant de rires partagés et de sourires échangés.
➡ De tant de collègues formidables qui vous bousculent, contribuent à votre épanouissement.
➡ De tant de rencontres de clients extra qui font évoluer vos pratiques.
➡ D'une fondatrice que vous admirez énormément.
➡ D'une relation sincère avec un manager si enseignant…

Encore merci, vraiment.

Des émotions, on en a vécu un paquet 😉

✅ Refondre une offre de formation.
✅ Conseiller des structures à mes yeux formidables.
✅ Accompagner et former des recruteurs et managers géniaux.
✅ Parler attractivité, parcours de recrutement, évaluation du potentiel.
✅ En remettre des couches sur l'*on/offboarding* ou la marque employeur.

Le tout à la sauce Rhapsodi avec pragmatisme, authenticité et efficience 💥

On a même lancé un podcast 🎙

C'était mes missions, c'est ce que Rhapsodi va continuer de (très bien) faire sans moi. J'ai full confiance dans l'équipe et dans la structure. Alors encore merci, cher Rhapsodi, merci d'avoir fait grandir mon petit cœur 😉

Allez, rentrons j'ai une étincelle dans mon œil et ça me fait pleurer 😢

Et pour la suite... J'entends déjà le son des criquets... Stay tuned 😎

#RH #recrutement #recruteur #marqueemployeur

Ps : j'ai été gâté #offboardingendétente

« Rires partagés par milliers », « mon petit cœur », « à mes yeux formidables ». C'est beau, c'est nunuche, comme il faut. 300 likes. 80 commentaires. Donc plus c'est cruche, plus ça clique. Cette autosatisfaction, digne des heures de gloire de Facebook, cet usage décomplexé des émojis lui donnent la nausée. Et ces changements de typo aussi. Jade ne savait pas qu'on pouvait faire ça sur LinkedIn... Jade s'allume une clope. Va donc falloir travailler son euphorie, si elle veut publier. Elle bâille un bon coup, se remet à *scroller* et stoppe sur une phrase choc d'un certain Gabriel.

Gabriel Nourlon
J'aide les entrepreneurs TDAH à retrouver le focus

Tous les jours, je prends de la Ritaline pour bosser. Et je n'ai plus honte ... voir plus

Jade clique sur « Voir plus... » et prend une claque.

Ce gars confesse donc bien à tout son réseau professionnel qu'il prend de la Ritaline et qu'il est hyperactif. Son post est une tribune. Il dénonce les préjugés des gens qui pensent que son traitement est « un aveu de faiblesse », « dangereux pour la santé », et que ça « ne résout pas les problèmes ». Il affirme au contraire que, grâce à la Ritaline, il peut « boucler chaque jour sa to-do », qu'il arrête de « subir ses émotions », et qu'il est « dans le flow quand il en a besoin ». Sa conclusion est un chef-d'œuvre d'autosatisfaction :

> Aujourd'hui, ça fait 9 mois. Et je n'ai jamais été aussi apaisé, confiant et optimiste.
> Le problème, ce n'est pas de prendre une gélule.
> Le problème, c'est croire qu'on peut résoudre tous ses problèmes à la seule force de sa volonté.
> Réussir, c'est accepter ses limites pour mieux les dépasser.

Jade est choquée, mais le réseau de ce Gabriel a l'air de valider. Son combat provoque des vagues d'émotion auxquelles, à chaque fois, il répond personnellement. Notamment Julien, qui se définit lui-même comme « ex-addict à la cocaïne ». Jade ne pensait pas qu'un tel niveau d'exhibition serait apprécié.

Sur LinkedIn, tout défaut devient une singularité, toute erreur une expérience, tout malheur une chance de résilience. Avec son addiction au café, elle ne va pas attirer les foules… En s'en préparant un autre, Jade se dit que tous ces gens qui fignolent leurs publications ont du temps à perdre. Il est 15 h 40. Jade vient donc de passer plus d'une heure sur LinkedIn sans avoir esquissé l'ombre d'un *draft* de post. Comme beaucoup de membres qui observent plusieurs fois par jour les accomplissements des autres, elle éprouve l'errance numérique.

Mais dans trente minutes, elle doit coacher un client. Elle s'apprête à fermer LinkedIn quand elle tombe sur une publication qui la surprend. La photo a retenu son attention : une mère pose devant sa maison avec ses trois fils qui s'accrochent à elle avec amour. Le post démarre comme un teasing.

Aurélie Dupret
Médiatrice culturelle au château de Clermont en Genevoix

😱 « Et en plus tu as 3 enfants ? » « Tu fais trop de choses ! » « Je ne sais pas comment tu fais ! » « Tu vas trop vite ! » « Repose-toi un peu ! » « Tu ne fais jamais de pause ? »

J'ai 35 ans et ça fait des années qu'on me conseille de ralentir le rythme, de choisir mes batailles, de prioriser mes activités.

⚖️ Mais non ! Comme beaucoup d'autres, j'ai choisi d'avoir à la fois une vie professionnelle épanouissante et une vie personnelle inspirante, à mon tempo et à ma façon.

Oui, mes semaines sont bien remplies, parfois la vie pro prend le pas sur la vie perso et inversement. Mais, honnêtement, le plus fatigant dans tout ça, c'est de devoir me justifier quotidiennement du rythme de vie que j'ai choisi et qui est le bon pour moi.

👋 Et si on respectait chacun.e ses envies et ses besoins pour vivre une vie quotidienne alignée sur notre rythme ? Un conseil : laissez-vous vivre à votre allure !

🕐 Nous avons tous un chronotype différent, il suffit d'apprendre à le connaître et à l'apprivoiser pour en tirer le meilleur parti et vivre à la cadence qui nous correspond.

✌ Pour ma part, il y a tout juste deux ans, j'ai fini par accepter que je suis plus performante en travail de fond le matin puis en soirée, alors que l'après-midi je m'adonne plus efficacement aux tâches logistiques et administratives. Depuis, j'organise mon emploi du temps en fonction de ce chronotype et ma productivité a fait un bond.

👉 Et vous, connaissez-vous votre chronotype ? Il existe plusieurs sites pour le tester, en voici un : https://lnkd.in/eqTWCeE3

#organisation #productivité #choix #viepro #vieperso #culture #rythme

510 likes 30 commentaires

510 likes !! Jade est aussi impressionnée par la ferveur des commentaires.

> **Marlène Butter**
> *Formatrice – Consultante*
>
> Moi non plus, je ne sais pas comment je fais 😂 !
>
> Arriver à concilier vie professionnelle, vie personnelle et vie associative tout en équilibre est une de mes priorités depuis quelques années et je m'en sors plutôt bien !
>
> Bonne continuation à toi !

> **Julie Corail**
> *Vegetal designer | Entrepreneur Rêveur | Dopamine Dealer*
>
> Bonjour Aurélie, vos trois enfants sont trop chou ! Vous avez une vie bien remplie ! Moi aussi team du matin et fin d'après-midi 😃

Cette *wonder mommy* hyperactive a captivé son audience. 510 likes ! Jade aimerait bien arriver un jour à ça. En même temps, cette femme la met mal à l'aise. Elle se justifie trop pour dire qu'elle n'a pas à se justifier. Et puis, qu'est-ce qui pousse cette mère à exposer ses chérubins sur un réseau pro ? Elle travaille dans la médiation pour un château depuis 2006, elle ne cherche donc pas de clients. La reconnaissance ?

Probablement. Plein de gens commencent leurs posts par « Fier de… » sur LinkedIn. C'est tendance. On partage ses succès pour faire sa com' et par fierté.

L'ego gonfle un peu, mais pour le mieux : l'entrain est boosté. Les premiers commentaires sont sûrement des copines puisqu'elles tutoient la mère entrepreneuse. Elles papotent entre elles. Mais sous les projecteurs des admirateurs, c'est bien plus valorisant.

Jade continue de lire les commentaires. Sophie, elle, semble être une simple admiratrice et elle est aussi coach.

Sophie Boursier
Coach | Sculptrice de compétences

Bravo pour tout ce que vous entreprenez.

C'est très inspirant de constater que l'on peut mener plein de choses de front tout en réussissant chacun de ses projets !

Aurélie Dupret
Médiatrice culturelle au château de Clermont en Genevoix

Merci Sophie Boursier. Je n'aurais pas dit mieux 😍

Jade passe à nouveau en mode sarcastique face à tant de bons sentiments. Elle n'est pas dupe, c'est donnant-donnant. Ces commentaires pleins d'émojis sont des transactions d'éloges. Majoritairement au moins. Mais Jade doit bien reconnaître que la *wonder mommy* a su toucher un large public qui va au-delà de ses intimes. Elle veut lui demander comment elle s'y prend. Elle s'empresse d'abord de la féliciter en public.

Jade Gallet
Coach Internationale de Dirigeants et Équipes de direction

C'est mon rêve 🥰

Jade teste ensuite rapidement cette histoire de chronotype que la *wonder mommy* conseille, histoire d'avoir un sujet de conversation pour plus tard. Elle répond vite aux questions et découvre qu'elle est un ours.

L'ours
50 % de la population
L'ours est un bon vivant qui aime dormir, manger et se faire plaisir. Résultat, il est souvent un peu frustré de trop travailler, de ne pas assez dormir ou encore d'avoir des kilos en trop. Il est très entouré (car sociable !) et s'adapte sans trop de difficultés aux environnements qu'il côtoie. Extraverti, sympathique, sociable, prudent, ouvert d'esprit…

Excepté quelques kilos en trop, Jade ne se reconnaît pas. Elle ne se sent ni extravertie ni frustrée de trop travailler. Mais sa déception s'efface vite, Wonder Mommy a répondu à son commentaire !

Aurélie Dupret
Médiatrice culturelle au château de Clermont en Genevoix

Un rêve tout à fait réalisable Jade Gallet, je vous encourage vraiment à vivre vos expériences à votre rythme et à votre image 🤲

Jade se sent curieusement flattée de la petite attention d'Aurélie à son égard. Et elle saisit l'occasion pour lui parler en DM*.

Jade

Bonjour, Merci encore pour votre message inspirant.
J'ai testé le chronotype. Je suis une ourse, c'est un peu décevant. 😂
J'aimerais bien raconter mon métier et mes passions comme vous, mais je ne sais pas trop comment m'y prendre. J'ai peur de mal faire.
Auriez quelques tips pour les booster ? 🙏

Aurélie répond illico.

Aurélie

Bonjour Jade
Mais c'est très bien un ours ! Sa soi-disant paresse le pousse à optimiser son temps.
Pour LinkedIn, l'essentiel pour moi c'est l'authenticité.
Mais l'algo de LinkedIn a ses règles !
D'abord un hook, une phrase choc, qui interpelle, que les visiteurs aient envie de cliquer sur « Lire la suite ».
Ensuite des sauts de lignes (comme j'ai fait 😄).
Important les sauts de lignes. Ça aère la lecture et LinkedIn aime ça, surtout pour ceux qui lisent sur smartphone.

---

* Abréviation de *Direct Messenger*. Écrire en DM, c'est s'envoyer un message privé. D'ailleurs, on dit aussi en MP (message privé).

Et bien sûr, truffez vos posts d'émojis. La bonne humeur c'est contagieux. 😊😊😊

Jade
Merci beaucoup Aurélie pour tous ces tips précieux. 🙏
Je vais les appliquer à la lettre en respectant mon chronotype. 😊

Maintenant qu'elle connaît les techniques, Jade n'a plus qu'à pondre son post. Mais elle patine un peu. Elle ne va quand même pas raconter la vie de ses clients. Elle s'estime tenue par le secret professionnel… ou au moins par une certaine discrétion. Elle ne va pas écrire une tribune sur les clichés qu'on a sur le coaching, elle n'aime pas cliver… Elle laisse filer le temps jusqu'à sa session de coaching. Une heure plus tard, elle se remet à la rédaction de son post et trouve quelque chose qu'elle truffe ensuite de la bonne humeur feinte style LinkedIn.

Mais elle a du mal à appuyer sur « Poster ».

Son copain rentre et la découvre devant son ordi la tête entre les mains.

– Ouah, ça pue la clope ici.

– Je me prends la tête pour mon premier post sur LinkedIn. Tu peux regarder s'il te plaît ?

Il ouvre les fenêtres puis jette un œil par-dessus l'épaule de Jade.

– Il est très bien ton post ! Mais 19 heures, c'est mort. Il faut publier à 18 heures. Ou à midi. C'est les meilleures heures.

– Ah bon ? Elle ne m'a pas dit ça, la fille.

– Quelle fille ?

– Aurélie, une fille qui a plein de likes et qui m'a donné ses tips.

Jade lui montre le post d'Aurélie.

– C'est malaisant de montrer ses gosses sur LinkedIn, tu ne trouves pas ? Mais attends, je crois que j'ai vu son post quelque part sur les « Neurchis de la Flex ».

– Les quoi ?

– Les Neurchis de la flexibilisation du marché du travail. Attends, je te montre. *(Il ouvre Facebook sur son téléphone.)* C'est un groupe privé parodique sur Facebook, un peu geek, mais qui cartonne. Ils font des mèmes et des blagues sur les abus du travail. C'est trash mais à mourir de rire… Ils s'en prennent souvent aux accros de LinkedIn. Voilà ! *(Il lui tend son écran.)* Tiens, ta super mother…

Le post d'Aurélie a bel et bien été épinglé. Et en beauté, ils ne l'ont pas ratée !

Mit-Mit Zur

Avec ses phrases trop courtes et sa syntaxe bizarre j'ai l'impression de trébucher à chaque fin de phrase.

Consul Tan
trébucher c'est exactement le mot !

Pika Niki
Cette femme est le tur-fu du développement personnel. Un potentiel rare, ces gamins vont satelliser la start-up nation.

Antoine Jolivet
C'est un troll c'est pas possible. C'est collector

Ali zee
Gros gif : CRINGE*

Fanfanus crocus
Ils sont tous comme ça sur LinkedIn, c'est horrible

Kitofo albert
Y a plus personne sur FB pour l'écouter, donc faut bien qu'elle raconte sa life quelque part.

Antechrisit is bask
Ils sont vénères dans les châteaux

Mar Tin
Bordel ce phrasé de personne qui vit dans l'optimisation permanente.
Prends le temps de ne rien faire choupette.

---

* Malaisant.

Rom Ain
Vous savez que le second degré n'est pas une température, n'est-ce pas ?! 😐

Nils Wookie
nan nan, c'est authentique elle est sérieuse.

Lucas marade
J'ai vomi dans ma bouche

Leai Bolvin
Très gênant

Gurtner Elodie
Putain ils nous font chier jusque sur LinkedIn quoi…

Jade lit tout attentivement. Les commentaires sont méchants, mais elle partage un peu leur sentiment. Le post d'Aurélie est malaisant. Et elle est d'accord avec le « Mar Tin ». Parfois prendre le temps de ne rien faire, c'est la chose à faire. Jade l'enseigne à ses clients. Si ça se trouve, la Wonder Mommy est au bord du burnout.

Jade est horrifiée et bizarrement soulagée. Communiquer sur LinkedIn pour gagner des clients, oui, mais pas à n'importe quel prix. Surtout si c'est pour finir clouée au pilori des neurchis. Elle efface son brouillon de post et décide de s'exposer… sur son métier. Rien d'intime. Que du pro. Ça sera une série de messages sur ses convictions de coach. Elle en rédige le premier opus, puis rejoint son copain en cuisine pour l'aider à préparer le dîner.

Voici ce qu'elle a planifié de poster :

Jade Gallet
Coach Internationale de Dirigeants et Équipes de direction

« Prendre du recul, c'est prendre de l'élan. » MC Solaar
♫

Voilà quelques jours, je retrouve une vieille liste de livres d'été, et parmi eux *How to Do Nothing* de Jenny Odell (2019).

Et devinez quoi ? Cette pépite me permet de répondre à une envie : illustrer ma mission en tant que #COACH pour ramener ici son utilité visible, tangible et sincère.

Non seulement Jenny Odell nous incite à prendre du recul face au rythme effréné de nos vies, elle nous encourage à ralentir : prendre le temps de se reposer (#onenreparle de la dette de sommeil accumulée quand on est vacances), de réfléchir et de se ressourcer.

Ses idées rejoignent ce que j'introduis dans mes séances de coaching.

Allez, c'est l'été, c'est pour vous, en voici quelques-unes !...

Le lendemain, Jade tremble un peu au moment de poster à midi. C'est sa première prise de parole sur le réseau. 10 likes. 0 commentaire. L'authenticité ne paie pas tant que ça… Mais elle est fière d'avoir osé. Rome ne s'est pas faite en un jour. Il faut créer son audience.

Jade était venue chercher des contacts, elle a découvert une communauté. Comme plein d'autres, elle y vient par intérêt, puis par curiosité. Que l'on soit de son petit bureau en télétravail, en vacances ou en tracances, dans le métro, en coworking, ou au bureau, on est tous éparpillés façon puzzle. Alors, on se retrouve sur LinkedIn. C'est la nouvelle cafét'.

Sauf qu'à la cafét', on peut décompresser, parler sous cape en petit comité, rigoler, cancaner, « bitcher ». Alors que sur LinkedIn, on parle devant tout le monde. Le style des prises de parole est prescrit. On est tous heureux, « fiers », « reconnaissants » à un point que c'en est étourdissant. Et quand tout le monde se présente si fort, comme s'il déclamait son CV par ses idées, on se sent faibles. Le plus déprimant, c'est surtout de savoir que nous nous y connectons plusieurs fois par jour, même le week-end, pour se distraire… autour du travail.

Kikéoburo ?

Mercredi, 8 heures. Avant de partir au bureau, Brice checke l'appli easyrh.fr pour voir si ses collègues préférés y seront. Mais bien sûr, ils n'ont pas renseigné leurs jours de télétravail. Ils ont beaucoup mieux : un groupe WhatsApp baptisé « Kikéoburo ? ».

Brice
Hello ! y a du monde au bureau auj ?

Marie
Moi !

Damien
Nope ! mercredi jour des enfants pour moi.

Mounia
Metoo. Je viens

Mounia
Ah non, pardon, RV kiné.🤦. TT du coup pour moi.

Audrey
Moi, je viens ! Mais Brice, tu viens pas le mercredi en général !

Brice
Je suis parti à la bourre hier
et j'ai oublié mon chargeur.

Audrey
Galère ! tu vas le retrouver aux objets trouvés*.

Brice
Je sais mais je suis dégouté, je me voyais
déjà peinard à bosser chez moi.

Audrey
Sympa pour nous 😝

Brice
C'est surtt le RER qui me fait iech !

Le facteur de motivation n° 1 des salariés pour aller au bureau : les copains. Le facteur n° 1 qui les retient : les transports.

Brice adore ses potos de bureau, mais aujourd'hui il vient pour Jessica. Il n'a pas oublié son chargeur. Il veut

* L'entreprise est en flex office. Aucune place n'est attitrée et, le soir, *clean desk policy* : tout objet laissé est ramassé et déposé aux objets trouvés.

recroiser la fille dont il a croisé le regard à la caisse du Café&Co deux semaines plus tôt. C'était foudroyant. Il lui a souri. Elle lui a souri. Comme dans une comédie romantique. Rien de plus, mais quelque chose est passé. Il ne sait rien d'elle, juste son prénom et qu'elle bosse à la compta. Depuis, il ne l'a jamais revue, ni dans les couloirs ni à la cafét'.

Brice s'est fait toutes les hypothèses dans sa tête. Arrêt maladie ? Peut-être. Déjeuner devant l'écran ? Interdit à la Tour de la Défense. En télétravail ? C'est le plus probable. Aux éditions juridiques Lextenso, les salariés ont droit à deux jours de télétravail par semaine. Pour les poser, chaque département fixe ses propres règles. Au département droit social de Brice, chacun est libre. Comment ça marche au département de Jessica ?

Brice décide de tenter sa chance ce mercredi. Il arrive tôt au bureau : 9 h 15. Il s'installe dans l'*open space* où il retrouve Audrey et Marie. « Ah bah, t'as retrouvé ton chargeur », lui dit Audrey. Oui, mais pas encore Jessica. Pour l'instant Brice se pose à son bureau. S'il bouge, Audrey va vouloir l'accompagner pour un café. Il ouvre un document juridique en surveillant Audrey et Marie du coin de l'œil. C'est bon, ses collègues sont en *call*. Il se lève et s'éclipse vers le département contrôle de gestion où travaille Jessica, un étage en dessous. Il descend l'escalier et approche doucement la zone. Pas de Jessica…

À midi, il part déjeuner avec Audrey et Marie au Café&co, toujours avec l'espoir de la revoir. Il la cherche partout, en mode périscope, en choisissant son menu puis dans la queue vers la caisse. Encore chou blanc. « Mais qu'est-ce que t'as aujourd'hui, lui demande Audrey ? T'as l'air ailleurs. »

Il l'est. L'après-midi, Brice ne retourne pas au département de Jessica, mais vérifie sur easyrh.fr si elle n'a pas renseigné sa prochaine venue. Mais non. Décidément, cette appli ne sert à rien. Puis il s'immerge dans un document juridique et se laisse prendre par le travail. Il dépote sans pause jusqu'à la fin de la journée. Mais le soir chez lui, seul dans son studio à Cergy, il tourne un peu en boucle. Il enchaîne sur TikTok des scènes cultes de *Breaking Bad,* sa série préférée mais la distraction est de courte durée. Dans ces cas d'urgence, il contacte Simon. Pas besoin de *small talk* avec lui, c'est direct.

Brice
J'ai flashé sur une meuf au taf.

Simon
🤨
Tu connais le dicton ? No zob in job !

Brice
Ouais et je le trouve con. Et les 40 % de couples qui se sont rencontrés sur leur lieu de travail, t'en fais quoi ?

Simon
Tu veux dire que 40 % des gens n'ont pas de vie en dehors du bureau ? !

Brice
Sérieux, elle m'a maraboutée…

Simon
Carrément ?! C'est quoi le plan alors ?

Brice
Ben justement, j'en ai pas.

Simon
Envoie-lui des GIF sur Teams
Fais-lui un ticket JIRA*.

Brice
J'ai pas la réf

Simon
Humour de dév', laisse béton.
Sinon un truc simple, genre : « Je t'ai croisée à la cafét', j'aimerais bien faire ta connaissance, on pourrait déj', ensemble, un jour ? »

Brice
Trop direct.
Elle dit « non », c'est foutu.

---

* Jira est un logiciel de suivi de bugs, de gestion des incidents et de gestion de projets à destination des développeurs. Dans Jira, les équipes utilisent des tickets pour suivre les tâches individuelles à réaliser. Un ticket peut être une tâche en cours, une demande d'assistance, un formulaire…

Simon
Faut être direct sinon t'y seras encore dans un an.

Brice
Possible, en tt cas, je la croise plus. Je la cherche partout. Un truc de ouf. Je vais pas errer dans son département tout le temps ça fait *stalker**.

Simon
J'avoue. Et vous avez pas un pot prévu bientôt ?

Brice
J'ai horreur de ces trucs imposés.

Brice lâche son iPhone et regarde le plafond de sa chambre. Pas si con, le Simon, en fait. Des pots, il y en a plein depuis que la direction veut « faire revenir les gens au bureau ».

En effet, au début chez Lextenso, c'était télétravail à volonté. Une politique qu'il leur a profité au moment de la crise Covid, qu'ils ont traversée relativement sereinement. Du coup, ils en ont profité pour réduire la surface des bureaux à la tour de La Défense et sont passés en flex. Un faux flex, comme bien souvent. Brice n'a plus « sa » place, mais il a « sa » zone, attribuée à son département, il y retrouve « sa » bande de collègues. Mais avec une telle liberté, les bureaux se sont dépeuplés et ça n'a

* Harceleur.

pas plu. Un vendredi, des actionnaires sont passés à l'improviste et ils ont constaté, furieux, que les étages étaient déserts. De fait, le vendredi chez Lextenso, c'est l'hôtel des courants d'air.

Depuis ce jour, le mot d'ordre, c'est faire venir les gens « sur site ». Pour ça, on multiplie les événements conviviaux pour « créer de la cohésion ». Brice fouille dans ses emails et retrouve l'invit' au prochain verre.

De SF _FR _ Communication@Lextenso.com
Objet : Glaces à gogo !

Bonjour à tous,
C'est l'été !

Pour se rafraîchir, venez déguster une glace italienne. Nous vous attendons nombreux pour ce moment convivial, placé sous le signe du glacé.

Quels parfums ?
Fraise, vanille, chocolat… et tout le tralala.
Quand ?
Le jeudi 25 juin de 18 heures à 20 heures.
Où ?
Sous le porche extérieur entre les bâtiments G et H.

Jeudi 25 juin, 18 h 30.
Brice se lève de son bureau et range ses affaires.
– Tu décolles déjà ? s'étonne Martin.

– Je vais manger une glace.

– Ah, tu vas à ces trucs, toi ? C'est nouveau.

– J'adore les glaces italiennes. Tu viens ?

– Jamais ! Moi, les glaces, à part à la plage, avec les enfants…

– J'ai pas d'enfants, et il n'y a pas de saison pour une bonne glace.

Brice file. Il prend l'ascenseur, sort de la Tour et rejoint le porche. Il adore les glaces, mais il est intolérant au lactose. Peut-être qu'ils auront des sorbets. Peut-être qu'il croisera Jessica. Le rédacteur juridique est aussi tendu que s'il se rendait à un *date*.

Devant le porche, trois grandes tentes aux rayures roses et blanches entourent un bar à glace à trois comptoirs. Brice s'approche du stand. Devant lui, une serveuse, au tablier noir floqué d'un *Ice Breaker* sur la poitrine, lui demande le parfum qu'il souhaite. Elle travaille la crème sur une plaque glacée. Au contact du métal, la glace se forme. À l'aide d'une spatule, la jeune femme forme un rouleau givré qu'elle dépose dans un gobelet et tend à Brice en souriant.

– Voilà ! Vanille framboise !

Brice prend son gobelet de lactose en remerciant puis se rapproche des grappes de gens en hésitant. Il reconnaît des visages, mais ne voit pas comment les aborder. Son rouleau commence à fondre. Il le gobe. C'est très bon. Au diable la digestion.

En se retournant vers le bar à glaces, il reconnaît une nana qui bosse à la compta, au département de

Jessica. Ils s'étaient cassé la tête à deux sur une histoire de contrat il y a deux mois. Ça peut faire une base de discussion.

– Alors, tu prends quoi ?

– Ah salut ! Heu…

– Brice ! On a fait quelques visios sur le dossier Richard.

– Oooh, c'te galère !… Véro !

Ils trinquent. Lui, avec son gobelet vide, elle, avec son cornet strié.

– Sympa de se croiser. Ça devient difficile avec le télétravail. Vous faites comment, vous ? glisse Brice.

– Ah nous, c'est simple. C'est fixé. TT mercredi et jeudi. Daphné, notre directrice, a proposé ça. Ça a râlé. Mais en fait, on aime bien. On se pose plus la question de qui est là, on peut poser ses RV chez le toubib tranquille, sans risque d'annulation.

– Notre directrice a tenté d'imposer un jour fixe de présence, histoire qu'on soit tous présents au moins une fois par semaine. Ça a tenu trois mois. On s'est tellement lâchés dans l'enquête interne qu'elle a dû renoncer. Maintenant, on se croise moins, c'est vrai, mais chacun fait comme il veut. C'est plutôt agréable.

– T'y gagnes en flexibilité, mais t'y perds en tranquillité. Tu vois, moi, le matin, je ne me demande plus si je vais au bureau ou pas. Et ça change tout, niveau charge mentale.

– Une autre glace ?

– *Why not ?*

Véro choisit melon-pêche. Brice, un sorbet noix de coco.

– Vous êtes combien à la compta ?

– Quinze. Mais ces derniers temps, bien plus. Des consultants bossent avec nous en régie, du coup, on est un peu serrés. Alors, on a droit à quelques jours de télétravail en plus ce mois-ci. Certains ne se sont pas gênés, si tu vois ce que je veux dire…

Brice voit très bien, mais n'a pas tellement envie d'encourager son préjugé envers le télétravail. Il bredouille un prétexte pour rentrer. Il a les infos qu'il lui faut : Jessica était donc en télétravail ces derniers temps. Et il y a des chances qu'elle soit là le vendredi.

Le lendemain donc, Brice débarque au bureau à 9 h 15 aux aguets. Dans l'ascenseur, pas de Jessica. Dans les couloirs pas de Jessica. Zone de contrôle de gestion, pas de Jessica. Il se résigne à s'installer à son bureau. Sa team Kikéoburo n'est pas là. Dans son département, seuls trois collègues clairsemés bossent, casque Jabra sur les oreilles en mode *Do not disturb*. Pas de réunions spontanées autour d'un bureau. Personne pour lancer : « Un petit café ? » C'est l'enfer, le vendredi !

Dans ce silence de bibliothèque, Brice rédige un début d'article, mais ne tient pas en place. Il cherche une stratégie pour forcer le destin avec Jessica. Il part à la cafét'. Devant les machines, même ambiance. Les gens se font couler des cafés en silence, tête baissée sur leur portable. Ils n'ont pas l'air de vraiment prendre de pause, mais plutôt de rédiger des emails d'une main en buvant leur café de l'autre. Pas de regards qui se croisent, pas de *small talks*. Chacun circule dans sa bulle sans percer celle de l'autre. Comme s'il y avait un pacte de non-intrusion instauré. Le vendredi chez Lextenso, les adeptes du *deep work* ont pris le pouvoir, et ce jusque dans les zones de convivialité. D'ailleurs, ce jour a été déclaré *Low meeting-day* par ses habitants.

Brice appuie sur double expresso, s'assoit sur le sofa de la cafét' et cherche le profil LinkedIn de Jessica. Elle est trop mignonne sur cette photo ! Il relit son unique publication, il y a cinq mois, touchante de simplicité.

> **Jessica Hide**
> *Responsable du Contrôle de gestion et du Référentiel aux Éditions juridiques Lextenso*
> J'ai le plaisir de vous annoncer que j'occupe désormais le poste de Responsable du Contrôle de gestion et du Référentiel aux Éditions juridiques Lextenso.
>
> 3 commentaires 36 likes.

Rien. Aucune prise ce post. Jessica est une introvertie. À Brice d'aller vers elle. Il remet son iPhone en poche, direction la zone du contrôle de gestion. Une dizaine de personnes clairsemées, comme chez lui. Même silence. Il scrute… elle est là ! Il la repère, de profil, face à son double écran, visiblement très concentrée.

Tellement que Brice n'ose pas la déranger et repart au hasard du premier couloir venu. Il passe devant la zone Compliance, puis la zone RH. Toutes les « fonctions supports » de la boîte sont rassemblées ici. Puis, il retourne à la zone de Jessica. Elle n'a pas esquissé un mouvement.

Il repart, cette fois dans l'autre sens et passe devant le baby-foot. Il sourit : il y a quatre mois, Brice s'est inscrit au tournoi de baby organisé par le CSE. Il n'a jamais eu lieu. Les participants n'étaient jamais sur site le même jour.

Brice passe ensuite devant la salle de créativité : une belle pièce aux canapés colorés et aux murs vitrés. Comme dit son collègue Martin, qui n'est pas fan du *design thinking* : « La salle où tu colles des Post-it sur les murs sans réussir ensuite à les déchiffrer. » Justement. Ça lui donne une idée. Il saisit un paquet et écrit un message qu'il compte coller sur le bureau de Jessica.

On ne se connaît pas, mais on s'est vus à la cafét' 😊
Voudrais-tu déjeuner avec moi ?
J'y serai à 13 h.
Brice, rédacteur juridique.

À l'approche de la Jessica zone, Brice trouve son idée bidon et déchire le Post-it. Il fait demi-tour sèchement et percute Véro, l'amatrice de glaces.

– Holà ! Doucement jeune homme. Que nous vaut le plaisir de votre venue ?

– *Sorry*. Rien, le hasard. Ça va ?

– Super bien. Viens, je vais te présenter ma petite *team*. On n'est pas nombreux. Le vendredi, c'est le jour des introvertis.

– Oui, ça, je m'en suis rendu compte.

– Et tu sais qu'on essaye de devenir Great Place to Work ?

Elle se tourne vers son équipe.

– Dej' tous ensemble ce midi. Ça sert à quoi d'être manager de proximité si on est dispersé ? J'offrirai le café !

– Heu, les cafés sont gratuits, Véro ! dit un de ses collègues.

– Je sais, je rigole. Great Place to Have a Café ! Donc voici les membres de mon équipe présents aujourd'hui. Sara, Aude, Marc, Jessica et Bruno.

Brice s'efforce de ne pas s'attarder sur les yeux de Jessica et salue en agitant la main.

– Bon, tu m'excuseras, faut que je te laisse là, j'ai un *call* dans cinq minutes. Donc on se retrouve pour dej' ?

– Avec plaisir.

Brice revient à son bureau souriant et sonné. Il checke ses derniers messages quand une invit' Teams apparaît sur son écran :

Déjeuner Great Place to Have a Lunch, 13 h.
Café&Co
26 juin 2023 de 13 h à 14 h (UTC+2)

Invités :
Véronique Blancher
Marc Blondeau
Bruno Masse
Jessica Hide
Sara Maler
Aude Asalli
Brice Jounot

Brice clique sur «Accepter» en silence, mais dans sa tête, il hurle comme le loup dans Tex Avery.

Finalement, à force d'efforts, les planètes ont fini par s'aligner pour Brice. Il va réussir à déjeuner… avec ses collègues.

Organisons la spontanéité !

Steppes Consulting intervient dans tous les secteurs et envoie ses consultants, ses *product owners* et ses développeurs en mission, par tous les temps, partout en France pour accompagner leurs clients dans leur transformation digitale. Le secteur est porteur. L'agence croît, recrute à tour de bras, mais a du mal à attirer les candidats. Et surtout à les fidéliser. Une problématique commune à de nombreuses boîtes, qu'on appelle dans le jargon la « rétention des talents ».

Au siège de Steppes Consulting, les cinq associés de l'agence, Michel, Stéphane, Soraya, Céline et Thomas, se réunissent pour aborder ce sujet. Il est 9 heures et ils se retrouvent tous autour de la belle table ovale, exceptionnellement en présentiel : l'ordre du jour est primordial, préoccupant même. Le café coule à flots.

Céline ouvre le bal en annonçant les nouvelles qui fâchent, *slides* PowerPoint projetées sur l'écran géant à l'appui. Elle décline les chiffres du tableau de bord.

– … avec une forte variation en fonction des postes,

on arrive à une moyenne de cinquante-sept CV par offre ce mois-ci. Chiffre en baisse. Et on a subi dix préavis de démissions…

– Ah merde, dit Michel, on n'arrive toujours pas à être plus attractifs ?! Pourtant, nos propositions sont au-dessus du marché…

– Je vais te dire ce qui m'inquiète le plus, dit Céline. On a sept personnes parties avant la fin de leur période d'essai ce trimestre. Je sais plus quoi faire !

– Pourtant Etraki, ça a été super ! Les jeunes ont pu rencontrer les managers…

Stéphane fait référence au séminaire d'intégration annuel de Steppes Consulting en Grèce. Un grand rassemblement de mille personnes dans un hôtel paradisiaque, avec piscine, open bar, animations – soirée fluo « tout est permis », chorégraphies… –, pour que tous se rencontrent et que les équipes se soudent. Le travail bien sûr n'était pas absent avec des échanges autour des divers métiers rassemblés.

– Encore heureux, on a mis le paquet ! dit Michel. Mais on n'est pas là pour se jeter des fleurs, les gars. Manifestement, ça suffit pas.

– Pour la cohésion, une fois par an me paraît suffisant, répond Céline en prenant une chouquette. Par contre, même nos *onboardings* sont à distance. Nos pioupious reçoivent leur *welcome pack* chez eux. À un moment, on a besoin de se voir, de créer du contact. Le but de ce séminaire était de créer un « esprit de promo ». *Job done*, mais on va pas se mentir, combien de personnes se sentent *steppers* chez nous ? Combien ont déjà mis les pieds au siège ? Si ça se trouve, certains ne connaissent même pas l'adresse !

– Tu veux faire comment ? demande Stéphane. Notre métier, par essence, nous impose d'être dispersés.

– C'est un peu la question qu'on pose depuis le début, ironise Michel.

– Perso, les petits dej' d'intégration, ça me rappelle trop nos *wake up calls* du confinement, dit Thomas. Franchement, ça faisait un peu surveillance déguisée.

– Surveillance assumée pour moi, dit Soraya. Fallait bien checker qu'ils étaient réveillés…

– Je te rejoins Thomas sur la surveillance, dit Stéphane, il faut surtout qu'on retrouve ce qui fait le plaisir de travailler ensemble, au bureau. Tous les à-côtés qui rendent les collectifs dynamiques, créatifs et donc performants, ça passe par plein de petits moments informels sympas. Les échanges spontanés dans les couloirs, à la cafét', au bab'… C'est là aussi que naissent les idées !

– La sérendipité*, dit Céline. OK. On connaît par cœur…

– … Voilà, la sérendipité, reprend Stéphane. Il faut qu'on se croise mais à distance, et pas seulement pour le travail. Faut des échanges imprévus. En somme, il nous faut organiser la spontanéité.

---

* Mot commode à la mode qui englobe toutes les réflexions créatives et le climat propice à leur survenue.

« Organiser la spontanéité »…. L'oxymore de Stéphane traverse les associés autour de la table comme un éclair. En bien, comme en mal. Deux camps se forment.

– Ce qui est spontané, par définition, tu le planifies pas, ironise Thomas.

Stéphane ne se laisse pas démonter. Il se lève doucement et prend un air de grand orateur.

– C'est vrai mais si t'amorces rien, rien ne se passe. J'ai une idée à vous soumettre : WorkExpedition. J'ai vu ça au *Digital Days* avec Matra. Il s'agit ni plus ni moins que d'un *open space* virtuel.

– Une sorte de métaverse ? demande Thomas.

– Évitons les grands mots qui font fuir. Non, non. Quelque chose de bien plus ludique et d'activable. J'ai rencontré le fondateur, ils ont du *drive**. Ils ont créé leur plateforme d'abord pour eux-mêmes parce qu'ils en avaient marre de jamais se voir. Ils sont en *full remote*, donc éparpillés, comme nous. Et eux aussi veulent garder leurs développeurs. On vise la même cible.

– Ouais, enfin, ça, c'est leur storytelling, rétorque Soraya.

– Sceptique ? Checke leur *use cases*. Leurs clients ont tous des problématiques d'effectif éparpillé. Attendez, je retrouve leur démo… Vous êtes prêts ?

---

* Ils vendent du rêve.

Stéphane projette un *open space* virtuel sous forme de « map* » en 2D aux couleurs vives. On retrouve des salles de réunion, une cafétéria, des canapés en cuir noir, des plantes vertes. Dans cet open space, des petits avatars clairsemés, dotés de prénoms ou d'initiales, circulent comme dans un jeu vidéo.

Sébastien déplace un petit personnage aux cheveux verts avec les flèches de son clavier.

– Tu peux t'asseoir sur un canapé, aller en réunion, participer à une visio. (Stéphane pointe avec sa souris les visages des six avatars réunis en mosaïque dans la même salle.) Tu veux te concentrer ? Tu mets ton perso en « Zone silencieuse » et ton Teams s'affiche en rouge.

Michel pointe avec sa souris l'espace en question. Effectivement, on voit bien les avatars qui désirent s'isoler, comme dans les bulles des *open spaces*, toujours transparentes.

– J'ajoute qu'aucune donnée n'est sauvegardée dans leur système. Tout est géré par le navigateur. Si tu dois rejoindre une réunion, il te suffit de te rendre dans la salle, tu te trouves automatiquement connecté à la visio. Si la réunion est confidentielle, tu peux la « locker » avec un code. Tout ça crée un sentiment de proximité. On renoue avec la vie de bureau… sans bureau !

---

* Système de cartographie du monde dans lequel évolue le personnage contrôlé par le joueur.

– Mais ça marche comment avec Teams and co ? demande Michel.

– Facile. Tu te connectes à Teams, ton avatar est activé dans l'*open space* virtuel. La plateforme est prévue pour ! Et je te remercie pour la transition, Michel, car voici le clou. On peut provoquer des échanges spontanés avec n'importe qui. Suffit de se rapprocher.

Stéphane déplace son petit avatar près d'un autre. Une petite sonnerie *fun* retentit. Tutututut. Les caméras des deux avatars s'activent et déclenchent une visio.

– Et hop ! Tu peux tchater comme si tu avais rencontré l'autre dans un couloir ! Pas besoin de RV Teams. Ça se déclenche automatiquement. Une sorte de chatroulette* en fait !

– C'est génial ! dit Michel.

– On dirait Simcity** ! réagit Soraya. Je suis trop fan…

– Exactement, dit Stéphane, moi aussi j'ai pensé à ça.

– Moi, ça me fait penser à Zelda, ajoute Thomas. C'est ça que vous voulez pour attirer nos talents ? Faut arrêter d'infantiliser les gens ! C'est comme si tu disais :

* « Chatroulette », jonction de deux termes : chat pour dialogue en ligne et de roulette pour jeu de hasard. Fait référence à un ancien site Web de messagerie instantanée et de visiophonie lancé en novembre 2009 qui mettait les internautes en relation de manière aléatoire.

** SIM = simulation. SimCity™ est un jeu culte de simulation urbaine des années 2000, édité par Electronic Arts. Il reproduit de manière décalée la société de consommation avec des petits personnages que l'on fait vivre au quotidien dans une magnifique métropole pleine de vie.

«Tiens on va mettre un babyfoot.» Et hop, t'as créé un esprit d'équipe…

– On a un baby chez nous, confirme Céline, on n'y joue jamais.

– C'est pas qu'un jeu, proteste Stéphane, c'est très pro. Faut juste avoir un minimum d'esprit d'ouverture…

Alors que le débat s'ouvre, les avatars se déplacent en petits pixels saccadés : une casquette bleue croise un serre-tête rouge, une couronne dorée traverse l'*open space* virtuel…

– J'dois vraiment pas être dans la cible… dit Céline. Imagine, tu tombes sur ton n+4 par hasard et il te demande : «Alors ? T'en es où de mes *slides* ?»

– C'est le jeu, ma pauvre Lucette, dit Soraya. En *open space*, c'est pareil. Mieux vaut être à jour dans ton taf, tout simplement.

– T'es sérieuse ? réagit Céline. Vous vous rendez pas compte, ça va être la porte ouverte à n'importe quoi ! Harcèlement et compagnie !

– Elle marque un point, dit Thomas qui y avait pensé mais n'osait pas le dire.

– Ça doit pouvoir se contrôler, non ? dit Michel. Il faudra une charte, j'imagine qu'ils ont prévu quelque chose.

– Sûrement, dit Stéphane. Il faut juste trouver comment appliquer au distanciel les principes de précaution du présentiel.

Céline sent que, malgré son argument, Michel, Soraya et Stéphane ont réellement l'intention de le tester. Elle lâche tout.

– Attendez, vous êtes sérieux, là ? Donc, parce qu'on ne peut pas se rassembler au bureau, on va en faire un virtuel ? Avec des plantes interchangeables et des petits bonshommes qui ressemblent à des NFT ? On nage en plein *Black Mirror* là. Comment ça s'appelle déjà ? WorkExpedition ?! Encore une idée d'asocial à la Mark Zuckerberg.

– Les jeunes veulent ça. Ils réclament du TT dès l'entretien d'embauche. De l'informel distanciel, ça pourrait marcher.

Thomas ne dit rien et ramasse les gobelets, mais boit du petit-lait. Il rebondit sur la diatribe de Céline pour porter l'estocade.

– Si vous voulez mon avis, on s'égare. J'ai envie de dire que, pour créer de la spontanéité, il faut être… spontané. Et pas essayer d'imiter ce qu'on croit qu'aiment les jeunes. Avec un truc pareil, c'est le pilori assuré en place publique de Reddit*. Les jeunes, ils veulent un contrat clair, une fiche de poste bien définie, une rémunération juste, des perspectives d'évolution. Et des jours de télétravail aussi, c'est vrai. Mais avec ce genre de « vis ta vie au bureau version *gameplay* », ils voient bien qu'on essaye juste de les amadouer. Ils flairent l'arnaque. Je dis

* Forum de discussion geek reconnu bien au-delà des communautés de développeurs.

ça pour eux, mais aussi pour nous. On doit déjà jouer les parrains, les tuteurs, les ambassadeurs, faire des apéros virtuels, des *wake-up calls* et compagnie alors qu'on est overbookés. Alors, jouer les *chief happiness officers* sur Zelda, c'est *no way* !

Les associés sont clivés. L'ambiance est plombée. La salle ovale est devenue un salon de guerre. Tout le monde se tourne alors vers Michel, le CEO de Steppes Consulting. Mais le boss est partagé. Il aime beaucoup l'idée de Stéphane, et les initiatives originales qui permettent de se démarquer et d'avoir un coup d'avance. Mais Céline et Thomas se sont montrés trop arc-boutés sur leur position pour être désavoués ouvertement. Et puis… ils ont marqué quelques points.

En médiateur chevronné, il trouve un compromis.

– Franchement, j'aime bien l'idée. Merci Stéphane pour cette découverte ! Je pense que ça pourrait plaire à nos geeks. On pourrait le tester sur nos *Digital Days* ou lors d'un *speed recruiting* pour prolonger les échanges de façon fun. On verra ensuite.

WorkExpedition part d'une bonne intention : rassembler des gens dispersés par les distances et les écrans. Mais peut-on soigner le mal par le mal ? Ajouter du virtuel à nos vies de bureau qui se noient déjà dans les écrans, est-ce la solution ? La réunion est terminée. Mais le débat reste ouvert. Il aura au moins eu le mérite d'avoir eu lieu en réel, là où les idées s'échangent, les avis se partagent et les tensions se ressentent. Et s'il s'était passé sur WorkExpedition ?

Check the flow !

La vie *open space*, c'était la foire aux interruptions : les collègues bruyants, les appels, les emails… Est-ce fini aujourd'hui à l'ère du télétravail ?

Les bureaux sont plus calmes, puisque dépeuplés, mais les plateformes « collaboratives » – signifiant en fait à distance – sont les nouveaux lieux de vie des projets. WhatsApp, Slack, Skype, Google Meet, Zoom, Teams, Clickup*, Jira**… permettent de travailler de n'importe où, de s'envoyer des messages n'importe quand, de répartir des tâches sans se voir et de définir des priorités sans se consulter. Bref, de travailler en distanciel. Ce sont aussi des armes d'interruption massive redoutables.

Jérôme est soucieux. Le CEO de Tealalan – une plateforme holistique qui propose des packs de prestations de

---

* Logiciel de gestion de projet qui permet de rationaliser les flux de travail en étapes.

** Système de suivi de bugs, de gestion des incidents et de gestion de projets à destination des développeurs et des intervenants non développeurs.

santé mentale aux entreprises – sent poindre une lassitude, une fatigue sourde qui menace la cohésion et la performance de ses équipes. Le comble quand on vend des solutions de bien-être au travail !

Si pour l'instant leur activité n'est pas impactée, Jérôme perçoit beaucoup d'agitation chez ses collaborateurs. Il est bien conscient que ses commerciaux, qui ferrent les clients, et ses *product owners*, qui font évoluer les fonctionnalités de sa plateforme, doivent agir dans l'urgence, pour damer le pion à la concurrence. Ils doivent foncer, communiquer vite et obtenir des réponses rapides. Mais Jérôme sait aussi que rien n'avancera sans ses développeurs qui, eux, réclament des consignes claires, des process calés, et des plages de travail sans interruption. Comment concilier les deux ?

Jérôme comprend le problème et c'est déjà bien. Ça lui permet de repérer sur LinkedIn un post d'un certain Julien, consultant en *flow*.

Flow. Kesako ? Jérôme regarde la vidéo du consultant qui évoque un état de concentration qu'on atteint quand on se plonge en profondeur dans son travail et qui permet de performer sans se fatiguer. Épaté, le CEO décide de faire appel à lui au prochain *get together** de Tealalan, dans un mois.

---

* *Get together* : initiative présentielle des entreprises qui travaillent en distanciel. En l'occurrence, un séminaire. Quand les salariés sont éparpillés, ces événements permettent de « générer de la cohésion ».

Un mois plus tard, un samedi matin début juin, Arthur, un *product owner* de Tealalan, descend en sifflotant les rues de Marseille. Il ne part pas boire une bière sur la Canebière, mais se rend au *get together* de Tealalan. Arrivé rue Saint-Pierre, il cherche le numéro du local transmis par email :

> Entre les murs, 32 rue Saint-Pierre. Samedi 4 juin 10 heures.
> Sujet : « Flow et interruption ».

Arthur entre dans la salle louée par Tealalan pour la matinée. Une vingtaine de salariés sont déjà assis. Les sièges blancs sont orientés vers le grand écran. Ambiance visioconférence.

Au fond de la salle, son pote Sylvain lui fait signe. Arthur le rejoint. Avant de s'asseoir, il scanne la salle. Pas d'animateur en vue. L'écran allumé sur l'estrade laisse apparaître le message *No signal.*

Jérôme, le CEO, se lève et prend la parole :

– Julien ne sera pas parmi nous ce matin. Il a bien voulu nous trouver un créneau dans son agenda très chargé, mais devra animer ce workshop depuis son bureau dans les Landes. Nous lui sommes reconnaissants de nous consacrer un peu de son temps. Alors, on est focus. Je connecte Julien. Gardez bien le silence s'il vous plaît sinon on n'entendra rien. Si vous souhaitez intervenir, vous pouvez passer par le chat ou lever la main.

Les participants déplient leur ordi devant eux. Arthur a déjà ouvert le sien sur le pupitre de son siège et papote sur WhatsApp avec Sylvain.

Arthur
On travaille à Toulouse, on se rassemble à Marseille et on écoute un gars « dans les Landes ». Tout va bien…

Sylvain
C'est flex.

La tête du consultant en flow apparaît sur le grand écran. Il démarre bille en tête.

– Bonjour à tous ! Comment ça va ?… Ouh là ! Je sens un niveau d'énergie à 2/5, là. Je veux mieux. Alors, on va lâcher les ordis et se lever. On se lève…

La salle est hésitante, les mouvements restent timides.

– Allez, allez, on se lève VRAIMENT ! Voilà, merci. Et maintenant. On va se mettre en jambes. Corps-esprit, esprit-corps, tout est lié. Alors on va s'étirer un peu.

Julien roule des épaules vers l'arrière en inspirant et expirant pour leur montrer.

– Allez. On bouge les épaules. On masse ses omoplates. Làààààà, voilà, c'est mieux. Vous pouvez vous asseoir.

Tout le monde se rassoit, comme à la messe.

– Bon ce matin, je vais vous parler du *flow*. Vous connaissez ? Dans le sport, le *flow* est un état de grâce. Quand un joueur de tennis vole sur le terrain, anticipe les retours, frappe ses coups relâché et place la balle précisément où il veut, il est comme en transe. Une performance rare et difficile à atteindre dans le sport. Mais au bureau, c'est plus simple. À condition de s'organiser. Je vais vous donner les outils et la méthode pour y parvenir.

Sylvain
Ça va durer combien de temps ce show ?

Arthur
3 h

Sylvain
Non ?! 😨

Arthur
Pense à la pizza offerte par le patron à midi. 🙂

– D'abord, nous allons parler des interruptions que nous suscitons sans nous en rendre compte, continue le consultant. Commençons par votre CEO. Jérôme, t'arrive-t-il de poster sur Slack ?

– Oui, j'aime bien poster des trucs pour solliciter mes équipes, échanger sur un point, noter une question pour ne pas l'oublier…

– Merci Jérôme pour ce retour éclairant et ta franchise. Ces outils servent à ça : à partager des idées. C'est bien. Mais tu risques de mobiliser les esprits au mauvais moment si tu fais ça trop souvent.

– Je lance une idée c'est tout, se défend Jérôme. Je n'oblige personne à répondre.

– Bien entendu Jérôme, mais, comme tu es le CEO, on ne peut pas t'ignorer facilement. Tout le monde va se dire : « Il faut que je trouve quelque chose à répondre », et garder ça dans un coin de sa tête. Autant pour la charge mentale. C'est là qu'interviennent les notions de timing et de dosage des contributions sur ces outils. Même pour toi. En fait surtout pour toi.

La salle rigole. Arthur boit du petit-lait : Jérôme interpelle ses équipes sur Slack dès qu'une idée lui passe par la tête, il est fatigant. Slack est la « plateforme de productivité » utilisée par Tealalan. Les collaborateurs y bourdonnent comme dans une ruche. Ils tchatent, postent des documents, des photos, des messages, des GIFs, des émojis. Ils y ouvrent des chaînes par projet et des groupes/sous-groupes de conversation tous les jours. Les échanges sont constants : des flux croisés de discussion à propos de cinquante projets auxquels se rattachent autant d'équipes spécifiques. Une abeille y perdrait son pollen.

Le consultant passe ensuite aux méfaits des notifications pour la concentration. « Elles peuvent être utiles, certes, mais risquent de vous détourner trop souvent. La simple apparition d'une notification vous sort de la tâche sur laquelle vous êtes. Non cadrées, les notifs vous détournent de vos objectifs et vous sortent du *flow*. Leur coût est énorme. »

Sylvain
Si je veux me concentrer, je me mets en mode avion.

Arthur
Toi tu peux, mais pas moi.

Sylvain est développeur et Arthur, *product owner*, leurs contraintes ne sont pas les mêmes.

Le consultant poursuit : « Si vous sautez de votre prez sur PowerPoint à Slack pour échanger avec un collaborateur, vous changez de contexte. Vous dispersez votre énergie et vous vous détournez de votre puits de concentration. Un peu comme quand on vous sort de votre premier sommeil. Il vous faudra environ trente minutes pour retrouver le *flow*. »

Arthur
Qu'il dise ça à ma voisine qui passe ses coups de fil à 2 h du mat' à la fenêtre, ouverte.

– Quand vous êtes chez le dentiste, il ne consulte pas ses emails pendant qu'il vous retire une dent ! La règle est de ne pas se détourner de sa tâche.

– Mais parfois, on est bien obligé de faire plusieurs choses à la fois ! rétorque Sonia au premier rang.

– Merci pour cette remarque à laquelle je répondrais qu'en fait non, on n'est jamais obligé. Et surtout c'est impossible. Quand tu passes de ta prez à un email, par exemple, ce n'est pas du multitasking mais du zapping. Le multitasking est une invention. C'est en fait un switch épuisant et improductif d'une activité à une autre. Si vous restez sur le même ensemble de tâches sans passer à d'autres contextes (Slack, email, appel...), alors vous serez plus performants.

Comme Mowgli face au serpent, la salle est hypnotisée par les propos du consultant aux grands yeux bleus apparaissant en gros plan sur l'écran.

Mais Sonia rompt le charme à nouveau.

– Parfois, on a besoin d'une réponse rapide sinon on est bloqué. On fait comment ?

– Merci pour cette transition... Sonia, c'est ça ? Bien sûr, mais il faut synchroniser ces interruptions. Et pour les harmoniser, il faut que je connaisse vos manières de fonctionner. Mais tout d'abord, je vais vous demander de passer vos smartphones en mode avion et de les poser sur l'estrade. Tous ! Allez ! Vous survivrez.

Vacarme de chaises. Les participants se lèvent et errent dans la salle. À distance, l'animateur perd le contrôle de son assemblée. Il ne voit pas ceux qui consultent leurs messages avant de déposer leur smartphone, ni Arthur et Sylvain qui se font couler un petit café en douce, pas plus que Sonia qui en demande un pour elle aussi. « Un allongé » leur mime-t-elle de la main.

Les participants ont donc profité de cette injonction

pour faire une pause. En chuchotant comme des enfants pour ne pas se faire prendre.

Julien finit par reprendre la main. Petit à petit, les téléphones finissent tous posés sur l'estrade, et les participants se sont rassis.

– Maintenant, de votre ordi, vous allez vous connecter à un formulaire et le remplir. Le lien est dans le tchat. Vous avez une heure. Évitez d'errer numériquement. Il faut bien quarante minutes pour répondre à toutes les questions.

La salle grogne un peu, mais télécharge le formulaire. Petit à petit, un silence de bibliothèque s'installe comme il n'en a jamais existé dans l'*open space* toulousain de Tealalan. Mais Sylvain, toujours aussi dispersé, poursuit sa conversation avec Arthur via la version desktop de WhatsApp.

Sylvain
C'est monacal.

Arthur
Ça me rappelle les examens d'école de commerce…
Et c'est pas si mal.

Penché sur son écran, Arthur découvre des questions qu'il ne s'était jamais posées sur des activités qu'il pratique tous les jours.

Combien d'interruptions / notifications constates-tu chaque jour ?

Interruptions subies (téléphone, plateformes collaboratives, nouveaux mails) : notifications, sollicitations à ton bureau, envoyées par tes applications métier (ERP, CRM, documents collaboratifs, outil de to-do list, etc.), envoyées par tes réseaux sociaux (pro ou perso), bruits ambiants (téléphone ou conversation du voisin, bruit dans l'open space, etc.), autres sources (agenda, etc.)

Interruptions choisies (par jour, sur les horaires de travail)
– vérifications de tes nouveaux mails (indépendamment des notifications)
– vérifications des nouveaux messages sur tes autres supports/applis

En quelques lignes, Arthur se rend compte de la masse d'interruptions potentielles dans son travail. Logique qu'il se sente parfois comme au centre d'un vaste échangeur. Le *product owner* réfléchit au nombre de fois où il se connecte à LinkedIn, à WhatsApp sur le fil de son groupe de vélo, sur Clickdown pour répartir les tâches aux développeurs. Il commence à se sentir dépassé. Puis il s'attaque à l'évaluation du volume de ses échanges sur Slack. Et là, c'est vertigineux.

Bing. Sylvain l'interrompt à nouveau.

Sylvain
Marguerita ?

Arthur
T'es fou ! Pepperoni.

« Comment faites-vous pour trouver la concentration ? » demande le questionnaire. Avant de répondre, Arthur va se renseigner sur Reddit* et trouve un topic sur le sujet : « Comment garder son focus ? »

Il y découvre les partisans de l'option douce comme Coutobleu.

Le yoga, la méditation font énormément de bien. Je consacre tous les matins 20 mn à faire le vide. Sur un rêve, une pensée. C'est essentiel à la santé mentale Comme ça, j'arrive mieux à éloigner les pensées parasites et à me concentrer sur le travail.

Et les adeptes de la méthode forte comme Bachaussette, qui recommande de prendre un cocktail « tyrosine + caféine + nicotine ». Ce membre précise que la tyrosine n'est pas une drogue, mais « un acide aminé qui sert à construire dopamine et noradrénaline ».

Un commentaire d'un certain Roux-cool14 lui paraît très inspirant.

---

* Forum de discussion.

Je « game » le pb. Je suis les élans de mon cerveau et quand je sens que je suis pas vraiment dans le truc, je zappe et laisse le temps aux idées de revenir. J'en profite pour passer à une tâche de base et je m'y tiens 15-20 mn. Je fais comme les gamins : je suis mon instinct sans jamais forcer. Je suis les virages de la motivation et je profite de l'inertie.

Quel Yoda celui-là ! Arthur reprend la suite du formulaire.

Imaginons...
Tu travailles demain sans pouvoir interagir avec tes interlocuteurs habituels. Quels sont les éléments que tu as besoin de transmettre pour que personne n'ait besoin de te demander quoi que ce soit ?

Quel est le créneau horaire que tu choisirais de sanctuariser pour ton *Flow* ? (nb : 2 h de flow = ambitieux) ».

Arthur commence à comprendre où le consultant veut en venir. Comme chacun va remplir selon ses habitudes, Julien va pouvoir harmoniser les moments de *deep work* sans interruption et les points de synchro. Malin.

Trente minutes plus tard, Arthur a rempli son formulaire à la louche. Et certainement pas dans le *flow*.

Le consultant reprend la main avant la fin du temps officiel.

– OK, merci à tous. Je vois que vous avez tous posté votre formulaire donc on peut reprendre. Merci beaucoup. Notre formation touche à sa fin. Qu'avez-vous pensé de cette matinée ?

Arthur lève la main.

– Je me suis demandé, j'avoue, si je ne m'étais pas sous-évalué.

– Merci Arthur pour ce feedback. Tu t'es certainement sous-évalué. Tout le monde d'ailleurs. Je voulais juste éveiller vos consciences. Ce formulaire, il va falloir me le refaire au travers d'un *reporting* quotidien. Et ce sur une semaine. Vos métiers diffèrent, certains ont besoin d'échanger, d'autres, de coder. On ne remet pas ça en cause. Mais pour avancer, grâce à vos formulaires, on va pouvoir définir, ensemble, les temps de *deep work* et les temps de synchro. Merci à tous…

Julien est parti. Arthur est conquis. Pendant la session, il s'est montré distrait mais n'a pas vu le temps passer. Fin de la matinée, chacun reprend son téléphone. Tout le monde a eu le sentiment d'avoir été percé à jour. Sauf Sylvain qui poste à Arthur : Pizza time !

Pour télétravailler, il faut être connecté. Mais à force de ne jamais déconnecter, on perd le fil, et le travail patine. Tous ces outils dits « de productivité », supposés fluidifier la communication, faciliter les échanges, finissent par perturber les équilibres : ils sont utiles pour nous organiser, mais sans code de conduite pour les utiliser, ils nous désorganisent. Pour retrouver de la concentration, il faudrait apprendre à travailler autrement, mettre entre parenthèses les sollicitations. Mais comment synchroniser nos déconnexions ? Et répondre présent en cas de besoin sans être toujours disponible ? Entre la théorie et la pratique, combien faut-il de *workshops* en *get together* ?

Pastille verte

Travailler hors du bureau suscite la suspicion. Rien à faire, c'est comme ça. Quand on ne vous voit pas, on vous imagine dans votre canapé en robe de chambre devant la télé. Comme dit un internaute sur Reddit* : «En télétravail, on ne voit que les œufs. Ton boss veut te voir les pondre.» Qu'elle soit réelle ou non, cette suspicion nous hante, on l'intériorise, on culpabilise. On veut se montrer plus disponible qu'au bureau, on fait des pauses sur le qui-vive, et parfois à contretemps.

Mercredi, 15 heures, Maximilien, analyste financier, s'approche de Camille, sa n+1, en marchant sur des œufs : «Si c'est ok, je voudrais télétravailler demain. Faut que je termine Dizer et… enfin je serai plus focus chez moi.» Les jours de télétravail non planifiés doivent être validés par son supérieur chez Fimax Conseil, un fonds d'investissement d'une quarantaine de cadres au centre de Paris. «Pas de souci, inutile de te justifier», dit

* Forum de discussion parmi les plus importants au monde.

Camille. Elle n'a rien d'un flic et préfère manager ses équipes dans la confiance. Max a pourtant le sentiment de demander une faveur.

Le lendemain, à 8 h 30, l'iPhone sonne. Max se réveille en pleine forme. Ces quarante-cinq minutes en plus de sommeil, c'est du miel. D'habitude, à cette heure, il est sur le périph' au niveau de la porte de Chatillon. Là, il s'étire doucement sous sa couette lourde et chaude.

8 h 50. Max est debout et allume son PC. Avant même d'avoir pris une douche et bu son café, il lance l'appli Teams. La petite pastille, à côté de sa photo de profil, passe au vert, indiquant qu'il est bien là, disponible, paré à bosser. Ce voyant est devenu la pointeuse des cadres. Sur Teams, tout le monde peut constater « la couleur » des autres. Vert, ça va. Jaune, c'est louche.

8 h 52. En mode vert, Max boit son espresso. Serein. Même s'il est seul, avec une vue sur l'arrière-cour de sa cuisine, la pause-café fait partie des pauses professionnelles. Il porte un jogging gris, mais au-dessus il est en pull noir, ce qui fera bien l'affaire en cas de visio.

Il s'installe sur son lit, jambes allongées, dos au mur et ordi sur les cuisses, et s'apprête à s'atteler tranquillement à son analyse financière qu'il doit envoyer à Stéphanie, la

*Principal mid-large buyout**, aujourd'hui. Mais d'abord, il s'autorise une petite partie en ligne de «Worldle – Guess the country». Chaque jour, il doit trouver un pays masqué. C'est son rituel de mise en route. Alors que ses collaborateurs sirotent un café en discutant au bureau, lui vient de trouver le Nigeria.

Puis Max se met au travail. Trois quarts d'heure sans interruption, c'est rare. Résultat, il avance bien sur son analyse financière de Dizer. Les analystes juniors sont souvent sollicités de tous côtés. Ça fait partie du métier. Max n'est pas payé que pour les tâches effectuées, mais aussi pour sa disponibilité aux heures convenues. À distance, on pense moins à lui.

Quoique... une notif' apparaît. C'est Jérôme, un partner de Fimax. Un gars cool, du moment qu'on répond vite.

Jérôme
C'est toi qu'as l'historique sur Di Marco ?

Max
Oui, c'était le premier deal avec toi !

Jérôme
Ah voilà ! J'ai un call avec un client qui s'intéresse à cette affaire, je me dis que ce serait bien que tu sois là.

---

* *Principal* (à prononcer prin-si-pole) : grade très en vogue importé des Anglo-Saxons, entre le *partner* et le *manager*.
Mid-large buyout : rachat d'entreprise de taille moyenne.

Max
Bien sûr.

Ting autre notif. Marjorie, son ancienne, n+1, toujours larguée sur l'emplacement des dossiers.

Marjorie
Tu peux me donner la dernière version de l'analyse d'AMF Immo ?

Il lui suffirait de remonter l'historique de Teams pour l'avoir, mais bon… Sur son écran, en haut à droite, apparaît la notif' de la réunion Teams de Jérôme sur son agenda partagé, à 11 heures. OK, donc aujourd'hui. Clic, il accepte. Clic, il remonte l'historique sur Teams pour chercher l'analyse AMF et lui envoie. Ting, autre notif'.

Stéphanie
Tu penseras à mon draft B&B Hotels ?

Max vérifie… mais c'est pour lundi ça ! Qu'est-ce qu'il lui prend ? Les minutes passent, les notifs s'enchaînent, Max répond. Allongé ainsi sur son lit, il ressemble à un lézard lézardant au soleil, mais on devine une grande activité à ses yeux globuleux azimutés. Il est à la fois sous tension et bouillonnant allongé sur sa couette. D'ailleurs, est-ce le stress qui monte ou le confort douillet du jogging… il ressent comme une envie. Selon un sondage de TTSO*, 63 % des hommes (et 37 % les femmes) se seraient déjà masturbés au bureau. Lui, jamais. Mais là, maintenant pourquoi pas ? « Au moins, ça, ça sera fait ! » se dit-il.

Ça ne se fera pas. Notif' Teams. Stéphanie piaffe. Max se refroque.

Stéphanie
???

Max
Tu m'as demandé cette fiche pour lundi.
Je m'en occuperai sans faute.

Stéphanie l'appelle en visio ! Maxime se lève d'un bond. Il doute que l'oreiller en fond fasse bonne impression. Il pose vite son ordi sur la table et clique sur le lien visio. Son premier visage de la journée apparaît : Stéphanie, à son bureau chez Fimax ; il reconnaît sa grosse lampe industrielle noire aux bras crantés.

– Tu m'entends ? Désolé de te harceler, mais les choses s'emballent avec eux. Il me faudra ton draft demain en fait. J'ai reçu les dernières données client. J'ai vu avec Camille. Ça sera bon pour toi ?

Maximilien répond par l'affirmative. Il a dix minutes avant la réunion de Jérôme. Il en profite pour faire son lit et ranger quelques affaires. 11 heures. Il se connecte à

---

* Enquête nationale de Time To Sign Off, 1er novembre 2023.

la visio. Maximilien est prêt, il a mis une jolie veste claire sur son pull noir.

– Ça va ? Vous m'entendez ? demande Jérôme.

– Oui ! Ça va, ça va, répond le client. Malgré ce froid, on n'est plus habitué… Ça nous a surpris. M'enfin… il faut bien qu'hiver se passe.

– Tout à fait. Avant de vous parler de Di Marco, je vous présente Maximilien, c'est lui qui a démarré cette affaire avec moi. On est là pour vous…

Le seul enjeu de cette visio pour Max : sourire et bien répondre aux questions techniques. Pour le reste, Jérôme gère. La réunion se passe bien, le client est hésitant, il faut le rassurer. Jérôme est très bon pour ça. Et Max a bien répondu à l'unique question qui lui était destinée. Le *call* se termine à 11 h 45.

Il se remet aussitôt à son analyse, mais il avance moins bien. Ces microdemandes, ces visios impromptues, ces changements de priorité lui ont fait perdre le fil. Une bonne douche le remettra sur les rails.

Dans sa salle de bains, Max a posé son téléphone sur un tabouret pour voir depuis sa douche si une notif' tombe. La chaleur de l'eau détend son corps et lave son esprit. Il met son visage face au pommeau pour se masser les yeux. Derrière ses paupières, apparaît un kaléidoscope de lumières.

Puis il se réveille comme un suricate en alerte.

Deux appels manqués et un message de Stéphanie.

T'es où ? Tu peux me rappeler stp ?

Rien entendu, rien vu, il la rappelle en peignoir. En fait, rien d'urgent. Il répond à sa demande rapidement.

Il est midi. Les notifs se calment. Maximilien se replonge dans son analyse. Et là, il dépote, il oublie le temps qui passe, fait abstraction des travaux dans la cour, il atteint un état de *flow* qu'il trouve rarement au bureau. Son ventre qui gargouille le sort de sa concentration à 13 h 50. Normalement à cette heure-là, il en est déjà au café dans la petite cuisine des bureaux avec les autres analystes juniors de Fimax.

Maximilien chope une lasagne dans son congélo. Deux minutes au micro-ondes. Il croque trois cornichons en attendant. Il rajoute une bonne dose de parmesan et s'installe sur son canapé. C'est sa zone de convivialité. Il allume la télé pour un moment d'école buissonnière, comme quand, étudiant, il regardait Roland-Garros entre deux sessions de révisions.

Max est dans une phase régressive en ce moment. AB1 diffuse tous les jours quatre épisodes d'affilée de *Smallville*. Il en prend un en cours. Clark Kent, alerté par ses sens hyper développés, sauve la sublime Lana Lang de ses trois agresseurs, pendant qu'il avale ses lasagnes.

Vient alors le moment le plus difficile de sa journée : ne pas céder à l'épisode suivant. Un autre serait trop long, à 14h10, mais, vingt minutes de déj, la pause est trop courte. Max se met devant son d'ordi pour repasser sa pastille en vert et cherche des idées de cadeaux de Noël pour sa sœur. Ça lui rappelle qu'il a un colis à passer prendre à la Poste : une paire de sneakers. Il ne lui reste que deux jours avant le retour à l'envoyeur. Et demain, il sera au bureau. Il faut passer cet aprèm.

Mais pas maintenant. Camille l'appelle en visio, direct. Sa n+1 apparaît en fond flouté, toujours. Elle déteste qu'on sache où elle est. Chez Fimax, on l'appelle la «femme invisible». Max remarque qu'elle a une cigarette à la main, elle est chez elle.

– Ça va ? Désolé. Je sais que t'es sur Dizer, mais je profite de ton moment de torpeur post dej' pour avoir ton avis.

Sébastien n'est pas du tout en torpeur.

– T'étais à la réunion avec moi lundi, lui dit Camille. T'en penses quoi de la gestion du dossier Blachon ? Dis-moi franchement.

Ouhlà. Méga *touchy*. Bon, au moins, en télétravail, ils peuvent se parler en toute confidentialité. Max réfléchit à sa réponse, mais Camille reçoit un appel.

– Bouge pas, c'est Emma, elle est justement chez eux en ce moment.

– Allô, oui Emma ! ça va ?… Non, c'est bon, j'ai eu Michael… il est OK sur le principe. Tu pourras voir de ton côté si on est bon concernant les risques ?…

Maximilien est en suspens cinq minutes, dix… Il remarque un caleçon qui traîne par terre, ça lui hérisse le poil. Il désactive sa caméra et met son linge sale à la corbeille. Il lance même une machine en mode « Mix rapide ». Notif' Teams.

Camille
Je te rappelle + tard 😉

Max
OK. Je pars à la Poste. Reviens dans 20 mn.

Avec Camille, Max peut être franc. Avec les autres, il est plus méfiant. Surtout qu'avec l'affaire Blachon, tout le monde est à cran. Mieux vaut se tenir disponible. Avec Stéphanie en particulier, ça peut monter dans les tours. Et s'il part à la Poste, son Teams virera au gris…

Il tente une astuce de son pote Mathieu : maintenir la touche *shift* enfoncée. Le seul objet assez lourd qui lui tombe sous la main est une orange. Il la pose sur son clavier et la cale avec son mug. Le feu reste au vert. Il est libre Max !

Quand il revient, sneakers à la main, Max se remet vite au travail, termine l'analyse financière de Dizer et l'envoie à Stéphanie, qui l'appelle peu après.

– Merci, on n'est pas mal. Juste quelques remarques. T'as le document sous les yeux ?

– Heu…

– Laisse tomber. J'ai fait des annotations sur ma version. Je te partage mon écran.

Maximilien en profite pour jeter un petit coup

d'œil sur le desktop de Stéphanie… elle a cinq onglets ouverts sur des sites de voyage. Bien sûr, il ne dit rien… Il parcourt le doc avec elle.

– Si on pouvait ajouter des éléments de visibilité sur ce point, dit Stéphanie, ce serait bien…

Tut ! Tut ! Tut ! Tut ! Une alarme stridente les interrompt.

– C'est infernal chez toi. Comment tu fais pour travailler ?

– Désolé, désolé, il y a des travaux dans ma cour… Je vais fermer la fenêtre.

Max tourne le bouton de sa machine à laver en position « off » et se remet face à Stéphanie.

Suite de la journée, rien à signaler. Maximilien termine son analyse Dizer et son premier draft pour B&B Hotels tout en répondant à 2-3 demandes sur le chat Teams. 20 heures. Bilan de la journée : objectifs atteints mais son frigo est vide. Et il n'a pas envie que Camille le rappelle sur le sujet *touchy* alors qu'il est au Franprix. 21 heures. Elle n'a toujours pas rappelé. Franprix a fermé ses portes. Il se commande une pizza, ferme Teams et, sa pizza arrivée, se met un mode avion. Direction Bagdad dans *Assassin's Creed* sur sa console.

Les coupures font partie du travail. Mais il est plus facile de faire une pause au bureau que chez soi. Sur site, les cafés entre collègues, les parties de baby, les promenades dans le jardin (et parfois même les siestes) sont encouragés pour le bien-être et la performance des salariés. Mais chez soi, on les cache. Individuelles, domestiques, elles sont honteuses donc moins bienfaisantes. Même s'il a bien travaillé, Max a culpabilisé toute la journée.

Harcèlement convivial

Avant, on se rendait au bureau pour travailler. Maintenant qu'on peut le faire de chez soi et collaborer à distance, on y vient surtout pour voir les collègues. La convivialité est donc de mise. D'ailleurs, s'amuser en travaillant serait fécond, ne serait-ce que pour créer de la cohésion. Les pots, les galettes, les fêtes contribuent à établir un esprit de communauté. Certaines entreprises intègrent même des bars dans leurs locaux.

Chez Madone, pas de bar en interne, mais le fun se veut omniprésent. Entre le télétravail (deux jours par semaine) et le *flex office*, certains espaces de bureaux paraissent pourtant « tristement calmes ». Alors on cherche à leur redonner vie, à les enjouer. « Liberté d'aller plus loin. Et au-delà. » Tel est le slogan RH du groupe.

C'est aussi le credo de Jeanne, la nouvelle directrice du département logistique & approvisionnement. En interne et sur LinkedIn, elle se définit comme « happycultrice ». Dans une interview postée sur la page « Carrières » du site corporate, elle explique vouloir «injecter du fun et de l'excentricité» au sein de ses équipes, incitées à partager leur bonne humeur. Elle manage dix personnes âgées de 25 à 32 ans, jeunes, impliquées et soudées.

Carla, 26 ans, vient d'être recrutée par Jeanne au poste de *supply planner*. Cette jeune ingénieure aime les process fluides, les défis et le travail bien fait. Elle est aussi contente d'intégrer un groupe qui a les moyens de ses ambitions.

Lundi, 9 heures, jour de son *onboarding*. Carla débarque dans un petit *open space* aux trois quarts vide. Le bureau a beau être en *flex*, ce n'est vraiment pas la lutte des places ici. Elle s'installe au fond à côté d'une jeune aux aguets.

– Bonjour, je suis nouvelle, Carla. Je vais travailler avec vous dans ce service. On m'a dit que vous êtes tous installés là.

– Bonjour Carla. Moi aussi, je viens d'intégrer l'équipe ! Je suis arrivée la semaine dernière comme alternante. Mais je connaissais déjà Madone, j'ai été *happy trainee** avant.

– Ah mais moi aussi, j'ai fait un stage ici et entre-temps j'ai…

* Joyeux stagiaire en français. C'est le nom attribué aux stagiaires au sein du groupe.

– Ça te dit qu'on se raconte tout ça autour d'un petit café ? j'y allais justement.

– Merci, mais une autre fois. J'en ai déjà bu trop chez moi.

D'un pas tonique, une femme surgit dans leur dos.

– Moi, je t'accompagne ! Bonjour Carla, moi c'est Sandra.

Carla reste derrière son bureau à observer les gens qui arrivent au fil de l'eau. Le plateau s'anime peu à peu comme une salle de classe avant le premier cours. On se dit bonjour, on se prend des cafés, on papote près des ordis.

À 9 h 30, Jeanne, la n+2 du plateau, rejoint son équipe :

– Hello tout le monde ! Ah, Carla, t'es arrivée ! Ça fait plaisir de te voir. Désolée, je ne suis pas opé' sans mon café. Tu viens avec moi ?

Carla ne peut pas refuser, elle se saisit de son petit carnet de notes et suit Jeanne à la Tisanerie. Sa n+2 pointe son index sur la grosse machine Expresso.

– Expresso ou allongé ?

– Heu, expresso.

Carla observe les lieux et remarque un distributeur d'eau gazeuse. Elle aurait bien plutôt opté pour un verre d'eau, mais elle n'ose pas.

– Alors ce premier jour ? Tu connais la maison de toute façon. Tu as fait quand ton stage déjà ?

– Il y a deux ans. Ça a pas mal changé depuis, je trouve.

– Ouaiiiis, t'as vu ?! C'est super, ces nouveaux aménagements ! *(Jeanne regarde l'heure.)* Tu as bien eu ton badge et tes accès ? Cool. Je vais te présenter à l'équipe. *(Jeanne tend son café à Carla et la regarde droit dans les yeux.)* Pense à te connecter à « OZ », notre WhatsApp d'équipe. C'est le nom de notre QG, un bar pas loin. D'ailleurs, réserve ton jeudi soir. On fait un *afterwork* d'intégration pour ta venue et celle de Margot. On va marquer le coup ! Tchin !

Elles trinquent avec leurs gobelets et Jeanne fait demi-tour en l'invitant à la suivre.

– Bon, prends le temps d'arriver. Tu trouveras sur Teams l'historique du projet auquel je t'ai rattachée. N'hésite pas à poser des questions.

De retour au plateau, Jeanne se met au centre des bureaux.

– Votre attention s'il vous plaît ! Je vous présente notre nouvelle recrue. J'ai nommé... Carla !

– Bienvenue Carla ! entonnent en chœur les six collaborateurs présents, en une sorte de parodie de groupe de parole.

Carla rougit, gênée d'avoir l'attention de tous sur elle.

– Carla va travailler sur Actimail. Sandra, tu la mets dans le groupe WhatsApp ? Je vous la confie, je dois y aller.

– Je suis sur le coup ! répond Sandra, le téléphone déjà en main elle demande son numéro à Carla.

Dans la foulée, elle reçoit une notif' WhatsApp. Sandra a reposté l'annonce de Jeanne pour l'*afterwork* d'intégration.

Sandra
Je reposte le message pour Carla pour jeudi soir 🍹

Jeanne B
Bonjour la Tribu,
Bloquez votre jeudi soir ! tout le reste est annulé !
RV chez OZ. Le thème de notre gettogether :
l'intégration de nos 2 nouvelles, j'ai nommé Margot et
Carla. Et toutes les traditions que ça implique 😂
Tenue incorrecte exigée ! Joie et bonne humeur
obligatoires ! 🎉🎉🎉

Carla est touchée, elle se sent accueillie, mais vaguement inquiète des « traditions que ça implique » et de la « tenue incorrecte exigée ».

L'heure du déjeuner arrive, ses collègues proposent à Carla de se joindre à eux pour une grande tablée au resto de l'entreprise. Ils s'efforcent de l'intégrer, elle répond par des banalités et des sourires. Difficile de s'ouvrir à des inconnus, même si chacun fait de son mieux. Le reste de l'après-midi, Carla prend tranquillement ses marques. Elle plonge dans le déroulé des projets qu'elle doit mener tout en laissant traîner une oreille aux échanges à travers l'*open space*. Ils parlent beaucoup, et pas que boulot. Mais il reste des moments de concentration, ça ne s'annonce pas trop mal.

Sur le trajet retour, Carla se fait un petit bilan : on connaissait son prénom, on l'a invitée à déjeuner, ses collègues ont l'air sympas, mais elle a bu trop de café. Elle pense à sortir son portable. Elle avait coupé les notifs pour ne pas être dérangée. Le fil OZ indique 43 nouveaux messages depuis qu'elle a intégré le groupe ! Tout y passe, sauf des questions liées au travail. Des blagues, des émojis flammes, des photos dans tous les sens… En fait, ça semble calme au bureau, mais ils font la java sur WhatsApp.

Deux gais lurons se détachent du lot : Sandra et un certain Octavio. Sandra a réagi cet après-midi aux photos dudit Octavio. Il vient de passer un week-end prolongé au Portugal et a posté, dimanche, deux selfies de lui. Le premier, de nuit, hilare au milieu d'une foule de bras levés (posté à 4 heures du mat), a pour légende : « *Lust in Lisboa by Detox Social Club* ». Le second de jour, affalé en terrasse, visage caché sous un gros bob noir. Légende : « Descente en parachute sous parasol ».

Un « para* », Carla le sait, se réfère à l'ecsta. OK, donc le mec partage à demi-mot qu'il gobe de la

* Parachute : nom donné au sachet en papier de cigarette, contenant des cristaux de MDMA, une drogue euphorisante aux cristaux blanchâtres dérivée de l'amphétamine prise en soirée pour planer sous les sons et lumières de la fête.

MDMA. Il fait bien ce qu'il veut, mais qu'il partage ça avec les gens du boulot, ça lui paraît surréaliste.

Le lendemain. Octavio débarque avec son bob au bureau, en clopinant.

– Mais tu boites ? remarque Sandra.

– Ouais, je me suis rétamé samedi soir. Grosse teuf.

– De mon côté, j'ai enchaîné les Moscow mules, dit Sandra. Zéro mal de tête le lendemain ! Le Moscow mule, c'est le meilleur rapport qualité cuite !

Tout le monde se marre. Au fond de la salle, Carla comprend qu'à son *afterwork* d'intégration elle ne va pas boire du Coca. Sandra, Jeanne et Octavio partent à la cafét' et reviennent hilares en parlant fort. Trop fort. Carla essaye de se concentrer pour étudier ses dossiers avant son rendez-vous avec Priscille, sa n+1. Elle sort un casque et le met sur ses oreilles.

– Tout juste arrivée et tu nous boudes déjà ? taquine Octavio.

– Les casques, c'est réservé aux visios ici, lui explique Jeanne. Si tu veux te focus, t'as les bulles.

Carla va donc se mettre à l'écart pour se concentrer sur ses documents. Elle ne voulait pas s'afficher et jouer la bonne élève, mais bon, au moins, ici, elle peut assimiler les infos. Les alcôves aphoniques de Madone sont cosy et équipées de double écran. Elle prend même son déjeuner sur place, et revient avec une série de questions pour sa n+1. Arrivée à son bureau, elle est acclamée par Octavio.

– Aaaaah, enfin!! on t'attendait pour démarrer. J'ai rapporté ça de Lisbonne pour Margot et toi. Mais tout le monde peut en profiter, bien sûr!

Octavio ouvre une belle boîte en carton remplie de *pastéis* de Belém et dépose les petits flans à côté de son ordi. Tout le monde se lève et s'attroupe autour de son bureau.

– Et un bon shoot de sucre pour l'aprèm, rigole Jeanne.

– J'adore, merci beaucoup, dit Carla.

– Mais t'as pas oublié le porto? ajoute Sandra.

Vingt minutes, les *pastéis* sont engloutis, Jeanne siffle la fin de l'intermède amical et convivial.

– Bon, ça me les brise, mais faut que je m'y remette. Oubliez pas le pot de départ de Gaétan ce soir.

– Un peu qu'on n'a pas oublié! Gaétan a réservé le Royal à 18 heures, répond Octavio.

– Désolée, mais je ne pourrai pas être avec vous au pot de… Gaétan c'est ça? s'excuse Carla. J'ai une visio avec les US à 18 heures sur les…

– Ah ouais?! En fait, tu nous boudes vraiment! la coupe Octavio en lui faisant un clin d'œil.

Un peu lourd Octavio, mais c'était gentil d'apporter quelque chose de son voyage. Et sacrément bon! Tout le monde s'y remet. Les temps conviviaux rythment le boulot ici.

À 15 heures, Carla sort de son rendez-vous express avec Priscille, une to-do liste en main à laquelle elle s'attelle de suite. À 18 heures, elle démarre sa visio seule au bureau. Le reste de l'équipe est parti fêter le départ de Gaétan au Royal bar. Carla est ravie, après la visio, elle profitera du calme pour abattre un peu de boulot. Elle veut assurer. 19 heures est une bonne heure pour elle.

Que nenni! Deux minutes après que Carla a conclu avec les US, l'équipe de Jeanne revient du pot de Gaétan bien imbibée. Sandra pose une enceinte Bluetooth sur le bureau de Jeanne et lance un morceau de rap au beat bien lourd. Elle se met à mimer un twerk désarticulé au milieu de l'*open space*. Jeanne claque des doigts en rythme. Carla est bouche bée. L'intermède musical est heureusement de courte durée. Le directeur du département voisin rapplique. Mais en douceur, en mode voisin conciliant. «Il y a de l'animation aujourd'hui, dis donc. On vous entend dans tout l'étage.» Bien que d'un niveau hiérarchique supérieur à Jeanne, il ne s'érige pas ouvertement contre le fun, il demande gentiment de baisser le volume, presque en s'excusant de vouloir travailler. Jeanne met fin aux festivités. Carla, elle, a déjà pris ses affaires et décidé de télétravailler demain.

Mercredi matin, Carla est donc chez elle et avance en mode tunnel dans ses dossiers. Ça fait du bien de rester focus. Dans son coin travail, installée confortablement derrière son double écran sur une petite table près de la fenêtre, elle se sent à l'abri des moments de convivialité inopinés. En plus, Priscille lui a fait un retour positif sur sa première extraction de données.

Mais à 17 heures, un point d'équipe la fait redescendre. Au début, la synchro se passe bien, mais elle s'éternise. Elle devait se terminer à 17 h 30, il est 17 h 45. À ce moment, un membre de l'équipe prévient discrètement qu'il doit quitter la réunion sur le tchat de Teams.

Adrien

Désolé, je dois vous laisser. RV dentiste…

Octavio

Ah, aha, et moi j'ai piscine.

Sandra prend la parole et met le sujet devant le tribunal : « Il est où ton dentiste ? Et c'est à quelle heure ? » Adrien se justifie : « 18 heures. Il faut vraiment que j'y aille, j'ai perdu un bout de dent. Ça commence à me lancer. Je suis sous antidouleur… » Carla ressent comme un malaise, mêlé d'empathie pour Adrien, et d'un peu de gêne vis-à-vis des réactions de ses collègues.

Son copain dîne chez elle ce soir. Elle lui rapporte l'histoire du dentiste pendant qu'il ouvre une bouteille.

– C'était de la provoc', mais le pauvre s'est senti obligé de se justifier…

– Ça me fait penser au « Tu prends ton aprèm' ? » qu'on balançait à ceux qui osaient quitter l'*open space* avant les autres. C'est vieux, mais ça causait une belle gênance.

– Tu rigoles, c'est pas passé ! Ils la font encore à mon bureau.

– C'est devenu un classique alors. Tchin !

– Tchin. D'ailleurs, ça me fait penser à Margot, l'alternante, arrivée une semaine avant moi. Comme elle prend cher ! Ils la taclent tout le temps en mode : « De toute façon, t'es nulle » sur le ton de la plaisanterie, mais les mots portent. Enfin tu vois... Bizarrement, elle n'a pas l'air de le prendre mal.

– Bah, c'est une sorte de bizutage, une façon de l'intégrer. Là aussi, classique.

– Mouais... enfin pour moi, ça frise le passif agressif. Elle est jeune, inexpérimentée, donc victime désignée. Et Octavio qui me dit à chaque fois que je mets mon casque : « Ha ben voilà, tu nous boudes ! ». C'est du comique de répétition, juste pas drôle.

– C'est de l'humour BDE*. On te teste, on te tanne, c'est l'esprit. Mais c'est pas méchant. T'avais pas de BDE à l'UTC ?

– Si, mais, c'était à l'école. Et puis la fête, c'est avec les amis, pas les collègues. *(Elle termine son verre.)* D'ailleurs demain, y a mon *afterwork* d'intégration. Ô joie...

Son copain propose de la resservir. Elle décline.

– Vu comment tu picoles, ils vont te trouver bien coincée.

– Pardon ?

– Désolé, mais on ne lutte pas contre une culture

---

* Acronyme de Bureau des étudiants.

d'entreprise par le repli. Soit tu t'intègres, soit tu te rebelles.

Jeudi matin. Carla se réveille pleine d'entrain. En groupe, ils sont un peu pénibles, mais, individuellement, ils ont l'air sympas. Elle avale un yaourt, boit un café, salue son copain encore sous la douche, et file, prête à jouer le jeu pour sa soirée d'intégration.

Arrivée au bureau, elle s'installe à nouveau à côté de Margot, l'alternante.

– Hello, prête pour le grand soir ? lui dit Carla.

– Carrément !

Le matin, on s'active sur le plateau dans la perspective de débaucher tôt. Et l'aprèm, les esprits commencent à s'échauffer, d'abord avec une vanne potache. 14 h 30 : Adrien part se chercher un café sans verrouiller son clavier… Grave erreur. Octavio se rue à son poste et fait partir une invit' Teams de son ordi : « Tournée de chouquettes pour tout le monde ! »

– C'est la coutume ici, explique Jeanne à Carla. Si tu ne verrouilles pas ton poste, tu prends un gage.

Celle-ci fait mine d'acquiescer en souriant, mais rétorque silencieusement : « Celui qui touche à mon ordi, je l'explose. »

Vers 17 heures, Carla entend un drôle de bruit. « Huuun ! Hunnnn ! Huun. » Comme un braiment lancé par Octavio. Carla met son casque, mais il ne filtre pas grand-chose. Pour Sandra et deux autres collaborateurs, c'est un signal et ils dégainent… des pistolets Nerf* ! Clac, clac, clac. Les projectiles en mousse fusent dans tous les sens d'un bout à l'autre de l'*open space*. Carla baisse la tête, le gars derrière elle se prend une balle en plein front et en pleine visio. Même Jeanne a dégainé son pistolet et vise Octavio. Celui-ci riposte et fait valser la gourde de l'alternante, qui, mal fermée, laisse son thé glacé se répandre au sol. C'est la guerre version cour d'école. On éclate de rire. Carla hallucine.

18 heures, Jeanne sonne le départ.

« Allez les amis, on boucle. On a soif ! »

L'équipe au complet débarque chez OZ et prend place au fond de la salle autour d'une grande table. « Tournée de Moscow mules ! », crie Sandra. Entre la modération et l'intégration, Carla choisit son équipe, et enchaîne trois cocktails, comme les autres. Le sucre et la vodka lui montent à la tête. Elle a faim. « Cheeseburgers, cantal, roquette pour tout le monde ! », crie Sandra. Bonnes ondes. Même Octavio lui paraît plus drôle qu'à l'habitude. L'*afterwork* s'étire dans la bonne humeur. Jusqu'à ce qu'Octavio tape son verre avec une cuillère. Un silence détendu s'installe. Quelques sourires en coin apparaissent accompagnés de coups d'œil vers Margot et Carla.

* Pistolets factices orange et bleu originellement destinés aux 4-14 ans. Ils projettent des balles en mousse.

– Les amis. Voici venue l'heure de la tradition.

– Ah oui ! crie Sandra. Obligé !

Carla ne comprend rien, mais opine en levant son verre.

– N'oublions pas qu'on est là en l'honneur des nouveaux, reprend Octavio. *(Il se tourne vers elles.)* Carla, Margot, il va falloir que vous nous racontiez votre première fois. C'est la coutume chez nous.

De… quoi ?! Carla se demande si elle a bien compris… Elle se tourne vers Jeanne, hausse les sourcils, interrogative. Celle-ci opine du chef en souriant.

Dégrisée en une seconde, Carla blêmit. L'assemblée se tait. Une curiosité malsaine s'installe.

– Allez. Je comprends votre réticence, reprend Octavio. Mais je suis grand prince, j'initie le mouvement. Ça va peut-être vous aider.

– *Yes*, on la connaît par cœur, mais ça fait toujours rire, dit Sandra.

Octavio se lance alors dans le récit (trop) détaillé et rocambolesque – mais gênant – de sa première fois bien imbibée. Et conclut sur le fait qu'aujourd'hui il vit avec sa partenaire.

– D'où mon amour pour l'alcool…

Rires. Applaudissements.

– Maintenant à vous. Honneur à la plus jeune. Margot…

L'alternante se prête au jeu :

«Je n'aurais pas dû lui dire que j'étais vierge, il est devenu hyper sérieux, solennel. Ça l'a stressé. Alors que je n'en faisais pas toute une histoire. Au final… C'était bof. Comme la plupart des premières fois je crois.»

Re-rires. Re-applaudissements.

Après une telle confession, Carla se sent obligée de se dévoiler un minimum. «C'était avec mon premier petit copain. On était tous les deux novices. Ça s'est passé dans sa chambre, chez ses parents. Je me souviens même du motif de la couette. Et surtout de la musique : Smashing Pumpkins, *1979.*»

Pas de quoi rire, mais elle a droit à ses acclamations.

En vérité, elle n'a pas tout dit. Elle avait accepté de faire l'amour avec son copain de l'époque parce qu'il insistait et qu'elle craignait de le perdre. Et c'est juste après qu'elle a cédé qu'il est parti. Elle en avait pleuré pendant des semaines. Ça lui serre encore le cœur aujourd'hui.

Vendredi. 9 h 30, Carla se réveille avec la gueule de bois. Pas tant en raison des Moscow mules que du sentiment d'avoir trop parlé. Elle se pointe au bureau à 10 heures, l'ordi en bandoulière, et prend place en silence dans l'*open space* lorsqu'elle entend une musique s'élever du bureau d'Octavio. *1979*, des Smashing Pumpkins ! Tout le monde se marre. Carla balance entre brûler son collègue sur place et disparaître sous terre.

Le soir, choquée, Carla appelle sa coach-psy en SOS.

– J'ai pleuré toutes les larmes de mon corps aux toilettes comme une gamine.

– Vos émotions sont vos alliées, Carla. Si vous avez pleuré, c'est un signe qu'il ne faut pas ignorer. On est sur un haut niveau de toxicité là ! C'est très grave ce qu'il s'est passé. Il faut que vous preniez un arrêt. Et peut-être envisager un signalement éthique. En tout cas, il faut qu'on en parle. Je vous propose une session demain. En visio, je suis à Clermont ce week-end.

Pour contrebalancer les effets du télétravail et du distanciel, le credo, c'est double dose de fun dans le management. Et c'est justement cette fausse atmosphère de spontanéité qui pousse les Carla à se replier dans le télétravail. Devoir trinquer pour s'intégrer, la fête est forcée, c'est la trappe à dérape. Imposée, la convivialité devient tyrannique, cruelle. Pour que les salariés s'engagent sincèrement, il faut qu'ils puissent se désengager sans jugement.

Ghosting en bande organisée

Simon est enthousiaste, excité même, il va rencontrer l'agence qui reprend la revue d'architecture *AMD*, pour en devenir rédacteur en chef ! Dix ans qu'il chronique pour cette prestigieuse revue menacée de disparition par la baisse de lecteurs. Jusqu'à l'arrivée de ce repreneur : Whatt. Une grosse agence leader de la communication corporate aux finances solides. Hervé, son patron, est une personnalité à la Citizen Kane : il se rêve en magnat des médias. Il rachète des titres et les relance pour étendre sa notoriété. Il a même installé des plateaux télé dans ses locaux.

La semaine dernière, Hervé en personne avait contacté Simon. « J'ai pensé à toi parce que tu connais bien la revue et que tu sauras l'incarner. Il faut bâtir la nouvelle formule et mettre en place une équipe de rédacteurs. Par contre, pour ce premier numéro, je suis obligé de t'employer en freelance. On doit apprendre à travailler ensemble, tu comprends. Mais si tout se passe bien, tu seras intégré. » Simon avait feint de répondre d'une voix calme, mais intérieurement il exultait. Rédac' chef, son rêve ! Il est armé pour ça. Il sait comment réorienter la revue.

Aujourd'hui donc, Simon rencontre les équipes de Whatt pour l'annonce officielle de la reprise de la revue. Dix personnes dans une grande salle de réunion. Le soleil de mai darde ses rayons sur la grande table en verre. Derrière la baie vitrée, la tour Eiffel se découpe sur le ciel bleu. Hervé fait signe à son assistante de ramener de l'eau pour tout le monde. Il a l'air pressé mais d'humeur joyeuse.

« Bonjour à tous. Je vous présente Simon, le nouveau rédac' chef d'*AMD*, la revue bimestrielle que nous allons relancer. Simon va donc étroitement collaborer avec nous. »

Simon fait ainsi la connaissance de Pierre, le directeur éditorial, Clara, la directrice artistique, Yohan, le chef de pub, Maryline, la cheffe d'édition, Oscar, du pôle Event et de quelques stagiaires. On aborde le chemin de fer, le planning, l'orga… La décision est prise d'humaniser la revue, on décide de mettre une personnalité en couv' en lieu et place des habituelles façades d'immeubles. Il faut trouver le bon ambassadeur. Chacun fait des propositions.

Pierre prend le lead, Simon l'écoute avec attention. Pierre a tout de même été rédac' chef d'une grande revue, il est souvent invité sur les chaînes d'info. Quand

Simon aura son bureau chez Whatt, il le côtoiera tous les jours.

– Le nouvel *AMD* doit sortir en novembre. Je veux un maximum de partenaires, prévient Hervé, en jetant un regard circulaire sur l'assemblée avant de quitter la pièce. Je vous laisse les amis, j'ai rendez-vous au ministère.

Yohan, le chef de pub, propose à Simon de rencontrer les équipes artistiques à l'étage. On se serre la main. Pour le premier numéro, une boucle mails est créée. Il est convenu de faire des points d'étapes régulièrement.

– Ce serait bien que tu viennes un jour par semaine à l'agence, lui suggère Yohan en le raccompagnant à l'accueil. C'est important pour le travail d'équipe, tu sais.

Simon connaît la chanson. En agence, dans les rédactions, on insiste souvent pour faire venir les freelances sur place, mais on leur propose rarement un vrai bureau où s'installer. Il en a fait l'expérience et, au fond, ça lui convient de rester en retrait. Le planning est serré, il préfère agir en solo, en traçant sa voie sans éléments perturbateurs. Hormis *Les Échos*, tous les journaux pour lesquels il rédige fonctionnent en mode dispersé. Les rédac' chefs pilotent tout le monde à distance. C'est un peu triste, mais ça marche bien ainsi.

En deux mois, Simon a mis en place une équipe de pigistes fiables. Il a su les convaincre et les rassurer : «Whatt, c'est une grosse structure, ils ont des moyens, les équipes sont pros, la revue sera *up market*, tu ne regretteras pas d'y voir apparaître ta signature.» Il s'investit, lance des espoirs sous sa tutelle. Côté budget c'est serré mais ça montera en puissance. Hervé lui assure qu'il sera bientôt mis en relation avec la compta, le temps «de créer le nouveau compte *AMD* au sein de l'agence».

Une nouvelle réunion est organisée chez Whatt avant les vacances d'été. Clara, la DA, présente la nouvelle maquette d'*AMD*, élégante et sobre, qui laisse plus de place aux visuels. Yohan, le chef de pub, se frotte les mains. «Avec ça, je vais te faire venir du beau monde.» «Bravo à tous pour ce beau travail!», abonde Hervé, venu passer une tête entre deux rendez-vous clients.

À la rentrée, Simon a bien avancé. Il a reçu les premiers papiers de ses pigistes.

Mais côté Whatt, la prod' piétine. Rien de flagrant, mais dans son travail quotidien, il est toujours obligé de s'assurer de la tenue de leurs engagements : «C'est toujours bon pour demain 10 heures?», «J'espère que tu seras bien là, comme convenu…»; et de rappeler le timing serré. Les gens de Whatt valident difficilement, décalent souvent, se disent «sous l'eau» tout le temps.

À l'image de cet échange avec Clara, la DA, par SMS.

Simon
Bonjour Clara, peut-être es-tu en vacances mais aurais-tu un moment pour échanger sur AMD ? J'ai besoin de savoir si on aura au moins une prod photo sur les « WOW 2024 » ? Bien à toi Simon

Clara
Hello excuse-moi mais j'étais en plein déménagement, et là j'ai trois numéros de Politics sur le feu mais oui, il faut prévoir un WOW 2024.

L'agence freine. La date butoir approche. Mais personne ne semble en prendre conscience, ni s'en inquiéter. Simon ne sait plus sur qui s'appuyer. Le naufrage se profile. Mais comme rien n'est dit officiellement, Simon termine sa part et espère pouvoir tout clarifier à sa prochaine visio avec Whatt.

Jeudi, 15 heures, Simon se connecte. Seul Hervé apparaît à l'écran, devant sa vaste bibliothèque pleine de livres d'histoire. Tous les autres sont absents. Bizarre.

– Désolé, dit Hervé, j'ai la voix un peu enrouée. J'ai attrapé froid à cause de la clim' dans l'avion.

Simon raconte où il en est côté rédaction et fait part de ses inquiétudes côté prod' agence. Hervé évacue la question subtilement. Ce qui inquiète Simon qui décide alors d'aborder de plein front la question des paies.

– Je n'ai aucun retour de la compta, Hervé. Et ça devient problématique.

– Désolé Simon, je ne m'occupe pas de la coordination, pas le temps. Vois ça plutôt avec Marc (le DAF de l'agence, *ndla*), je t'ai donné son 06. Insiste, il finit toujours par répondre.

Hervé ne gère pas la coordination, ok. Mais qui alors ? Pour l'heure, personne ne semble tenir la barre. C'est aberrant. Simon obtient tout de même un échange téléphonique avec le Marc en question. Un quinqua sympa. « Pour les factures, n'ayez crainte, elles seront réglées, je m'en occupe personnellement. » Le type est rassurant. Ragaillardi, Simon retrouve confiance et demande à Yohan un point sur la pub, le nerf de la guerre.

Rendez-vous le lendemain à 14 heures à l'agence. Deux hôtesses font patienter Simon sur un gros pouf jaune en lui proposant un café. Des magazines du groupe s'étalent sur la table basse.

Au bout de vingt minutes, Yohan déboule, sourire gêné.

– T'as pas vu le mail de Hervé ? Il vient d'annuler la réunion.

– Comment ça ? Non, j'ai rien vu. Mais t'as pu avancer sur les partenariats ?

– J'ai une mini touche avec Archyvio, mais je t'avoue, je suis un peu gêné d'aller les voir avec cette maquette…

– Et c'est maintenant que tu me le dis ?

Sans le travail de Yohan, pas de pub, et sans pub, pas de revue.

– Oui, mais tu comprends Simon, si t'es pas sur place, moi, je ne pense pas à toi !

Simon explose.

– Ok, je vais dire un mot à Hervé ! Il doit être là. C'est du foutage de gueule.

Simon se dirige vers les portiques. Yohan tente de le rattraper par les épaules.

– Monsieur, vous ne pouvez pas entrer ici sans badge, lui explique l'hôtesse en tailleur en lui barrant le passage.

De retour chez lui, Simon voit effectivement le mail d'annulation d'Hervé, envoyé quinze minutes avant le début de réunion, et est pris de doutes. En fait, le projet n'avance plus. Clara, Yohan, Marc, Pierre et les autres ne bougeront pas. Hervé a dû tout mettre en *stand by*. Simon est le seul à se démener, dans son coin, depuis des mois et personne n'a osé l'informer. Officiellement, la revue *AMD* doit toujours paraître.

Simon tente de les appeler, chacun tour à tour au téléphone, sur WhatsApp, par Teams, SMS, mais il est filtré. Il est victime d'un *ghosting* en bande organisée. Comme si l'agence avait disparu. Il se fend d'un ultime message à Hervé pour clore l'affaire lui-même.

Objet : Article AMD

Bonjour Hervé,

Tu trouveras en pj comme convenu tous les articles que j'ai reçus à ce jour. Le sujet Niemeyer devrait arriver tout prochainement. Les derniers sont en cours de finalisation.

De votre côté, j'avoue ne pas comprendre ce qu'il se passe. Rien ne semble avancer et plus personne ne me répond, alors que la date de bouclage approche ! C'est incompréhensible.

Merci de ton retour

Bien à toi,

Simon Dossertine
Rédacteur en chef
AMD

Les outils distanciels sont de très pratiques façades derrière lesquelles nous pouvons commodément disparaître à l'envi. On se transforme en petits fantômes esquivant en un clic les confrontations désagréables. On ghoste le resto qu'on a réservé, les restaurateurs appellent ça le *no show*. On ghoste son médecin sur Doctolib en un clic, une heure avant le rendez-vous. On ghoste les RH la veille d'un entretien. On ghoste son *date* sur Tinder, après des mois de tchat. Pas besoin d'explication, pas de remords. Facile, à distance on ne voit pas les yeux de sa victime. Ce nouveau mode « non-interaction » est même désormais assumé socialement, mais dévastateur sur le plan psychologique. Simon ne recevra jamais de réponse. Et mettra des mois à s'en remettre.

Mon copain en télétravail

8 h 30. Le smartphone d'Erwan sonne crescendo. Lisa, à côté de lui, s'étire, se lève et file sous la douche. Lui, appuie sur *mute* et renfonce sa tête dans l'oreiller. Chaque minute de gagnée a une saveur particulière. Pas d'urgence, aujourd'hui, il gagne le temps de transports : il est en télétravail.

8 h 35. Quand Lisa revient dans la chambre s'habiller, Erwan est en train de sortir son ordi de son grand sac.

– Mais tu bosses ici aujourd'hui ? demande Lisa.

– Bah oui, j'ai des dossiers à boucler, j'aimerais être tranquille.

Erwan regarde l'heure sur son téléphone.

– Faut que je me grouille… J'ai un *call* d'équipe dans vingt minutes.

Il pose son ordi sur la table de leur chambre, se déshabille et part sous la douche. Lisa le suit, renfrognée.

– Mais comment on va faire ? Je donne mon cours à l'EPHAP ce matin. T'aurais pu me dire !

– Ben, je te l'ai dit, t'as dû zapper. Pas grave, je me mettrai dans le salon.

Il tire le rideau de douche et de la vapeur s'élève vers le plafond.

– Mais tu peux pas t'installer correctement dans le salon ! C'est minuscule. Tu vas te casser le dos sur la table basse.

– T'inquiète ! Ça va aller.

Erwan sort de la douche, s'essuie et s'habille rapidement.

Erwan a récemment pris un poste de responsable du contrôle de gestion chez Krisoptics. Une belle opportunité. Pas mal de pression aussi.

Cinq minutes plus tard, Lisa, une tasse de thé matcha entre les mains, observe, dubitative, son copain s'affairer dans le salon. Il a déjà installé son ordi, attrapé une souris dans ses tiroirs et branché le grand moniteur remisé dans l'armoire comme deuxième écran. Sans oublier le cendrier, le briquet, les clopes et un mug de café. Les rideaux sont tirés, à cette heure, le soleil se refléterait sur les écrans. Du coup, Erwan a allumé une lampe. En trois minutes, le salon s'est métamorphosé en bureau et en parcours du combattant avec des câbles tirés de partout.

Erwan s'assoit mais bondit aussitôt comme une grenouille. « Merde l'alim' ! » Il fouille son autre sac. Ouf, le câble de l'ordi y est. « Oooh, c'te panique. » Et un câble de plus qui traverse la pièce… Trop de chaos pour Lisa qui se replie dans la chambre et s'installe à son tour. Son cours est à 11 heures, elle a le temps de se préparer.

Erwan, lui, est déjà en *call*, avec son pote et collègue Quentin. Ils se parlent à la troisième personne, comme des César du *digital marketing*.

– Salut, c'est Quentin. Il va bien ?

– Il fait aller. Et lui ?

Lisa découvre la voix de Quentin. Elle savait que les deux compères s'étaient tout de suite bien entendus, mais n'avait pas connaissance de ce tic de langage.

Quentin, c'est le genre de mec qui dépote sans état d'âme et envoie bouler les dinosaures du « réseau » (les magasins réels) qui croient toujours que le digital va leur manger du chiffre, ce que les résultats contredisent clairement. En interne, il n'a pas que des amis, on lui reproche un management « viril ». C'est un *cost-killer* méthodique, qui aime aussi flirter avec les limites…

Pour rigoler, il adore « bizuter du stagiaire ». « Bah on est tous passé par là, faut bien apprendre la vie », se défend-il. Avec Erwan, ils ont fait le concours de celui qui poussera le vice le plus loin avec leur stagiaire respectif. Ça les fait marrer. C'est une manière de se valoriser. Après tout, le stagiaire est le premier à vous donner le statut de n+1.

Erwan ne peut s'empêcher d'admirer son collègue. Le père de Quentin est dans le top management d'une très grosse boîte du CAC. Les chiens ne font pas des chats…

Lisa est curieuse, elle s'approche en catimini de l'écran d'Erwan pour voir le fameux Quentin à l'écran. Elle imaginait un type smart au visage fin et à la chevelure ondulée, genre aristo. Quentin a le visage tout rond, une coupe à ras et deux petits yeux rieurs. Ce jour-là, il porte un hoodie. Osé pour un manager des ventes ! Mais en distanciel, on prend ses aises.

– T'aurais vu Antony hier ! Je lui ai demandé des *slides* sur les datas logistiques, il était perdu, au bout de sa vie…

– Et moi, Mathilde, tu sais quoi ? Je l'ai envoyée à Strasbourg pour faire un *audit supply*. Lever 5 h 45 ! J'ai oublié de prévenir le directeur du site. Elle a poireauté une heure devant la grille.

– Rhooo, c'est moche.

Lisa lui fait signe de mettre son casque, elle en a assez entendu. Erwan s'exécute. Elle ferme la porte du salon pour se couper de cette pollution sonore et refait chauffer de l'eau pour un deuxième thé. Il est 10 h 30. Lisa donne des cours de storytelling à des étudiants de quatrième année à l'EPHAP. L'enseignement, c'est son truc. Elle adore transmettre.

Elle affiche le déroulé de son cours puis s'échauffe en répétant ses enchaînements à voix haute. Mais son regard tombe sur la prise de courant qui pendouille. Ça lui pique les yeux. Erwan avait promis de la réparer ce week-end, il avait le temps, mais il a encore oublié. Lisa respire et avale une gorgée de matcha.

Comment on répare ça ? Elle cherche un tuto. Mais l'algo de la plateforme lui propose une « interview fou rire » de Jonathan Cohen et Vincent Dedienne. Quatorze minutes trente… elle ne résiste pas. Au milieu de la vidéo, Lisa s'interrompt en plein éclat de rire, elle a reçu une alerte agenda. Elle se connecte au Teams de sa classe.

Ting ! bonjour ! Ting ! Ting ! Bonjour ! Ting Bonjour Madame ! Ting ! Bonjour. Elle répond à chacun. Comme si les élèves entraient en salle de classe. Sauf que là, elle n'en voit que trois. Alice, Rosanne et Aurélie, face cam, sont l'équivalent des élèves du premier rang. Lisa les adore, elles participent et animent le cours. Depuis le Covid, l'école de com' a réduit ses locaux et la moitié des cours sont en distanciel. Elle s'y est habituée.

– Bon l'appel d'abord. Alice ?
– Oui !
– Charlotte ?
– Présente !
– Leili ?
– Oui, bonjour.
– Mayssa ?
– Oui.
– Thibaud ?
– J'suis là !

– Léa ?

– Oui !

– Marion ? (silence)

– Elle m'a envoyé un sms, elle a des soucis de connexion, annonce Charlotte.

– Juliette ?

– Présente…

Lisa valide la feuille de présence et démarre en fixant du coin de l'œil la prise qui pendouille toujours… « Aujourd'hui, nous allons parler des contes, des légendes et des mythes. Ce qu'ils ont en commun, ce qui les différencie. » Elle ouvre son document PowerPoint et clique sur « Partager ». Au moment du partage d'écran, pendant que le PowerPoint s'ouvre, la classe aperçoit brièvement les onglets de son navigateur. Les élèves ne se gênent pas pour scruter.

– Madame ! Vous aimez bien Jonathan Cohen ? rigole Charlotte.

– Ah zut ! J'oublie à chaque fois. Et oui, je l'aime bien. C'est sympa de commencer la journée en riant, non ? Ça met de bon pied.

Lisa déroule ses *slides*. Elle leur montre une campagne d'affichage d'un site de rencontres qui inverse les codes du conte. Première affiche : une splendide femme s'apprête à embrasser un beau prince charmant allongé et endormi. Un petit malin demande si le prince a donné son consentement. Quelques rires, Lisa remarque qu'Aurélie lève les yeux au ciel. Au moins, elle a capté leur attention. Brusquement, la porte du salon s'ouvre. Lisa sursaute alors qu'Erwan passe derrière elle pour se rendre aux toilettes. Elle perd le fil…

– Heu. Pardon. Désolé je, je disais quoi déjà ?

– *Adopte,* madame, dit Aurélie du premier rang. La princesse charmante…

– Merci oui.

Elle reprend le fil de ses idées mais n'a pas du tout envie de parler quand son copain l'entend. Ça lui fait perdre ses moyens. Et il s'éternise…

– Désolé, on va faire une pause de deux minutes.

Elle se met sur *mute*, désactive sa caméra et part en cuisine attendre que Erwan ait fini. Quand il revient, elle explose :

– Putain Erwan, je t'avais dit de ne pas passer derrière moi quand je suis avec mes élèves. Tu fais exprès ?

12 h 30, Lisa est soulagée : le cours s'est bien déroulé. Elle ouvre doucement la porte du salon. Erwan est toujours devant son écran, le casque sur les oreilles. Il lui jette un regard sombre et enlève son casque.

– Désolée pour tout à l'heure, j'ai été un peu dure.

– Mmm… Tu veux voir à quoi ressemble une QBR* ? C'est sanglant.

Lisa s'approche de l'écran et découvre une immense table en U autour de laquelle sont installées une

---

* *Quarterly Business Review* : examen trimestriel des activités.

douzaine de personnes filmées de loin dans la salle connectée. On dirait un tribunal. Lisa ne distingue pas les visages, mais le gars qui parle n'a pas l'air de plaisanter du tout.

– Lui ? C'est Dark Vador, le DAF. Il s'en va en octobre, mais il a encore du pouvoir. Il fait régner un climat de terreur.

Effectivement, tout le monde semble dans ses petits souliers.

– OK, le contexte est compliqué, dit Dark Vador, on sort d'une période d'inflation. Mais Krisoptics a toujours été capable d'écouler ses résiduels. Il est crucial de tenir ces objectifs… Dernier point : reconquérir notre position. Et pour ça, un alignement de tous les intervenants est nécessaire. Il faut une transversalité plus forte l'année prochaine.

Un membre du comité lance un document et prend à son tour la parole, mais Dark Vador le coupe. Il s'exprime avec aisance et autorité. Personne n'ose l'interrompre, mais quelques personnes regardent leur montre…

Pendant qu'il parle, Erwan pointe une femme à droite de l'écran.

– Elle, c'est Justine. Une réput' de peau de vache. Elle fait partie de ses proches. De chaque côté d'elle, tu peux voir les dinosaures du Codir dont je t'ai souvent parlé.

– Mais toi, tu mets pas ta caméra ?

– Uniquement quand je dois parler. C'est la règle

chez Krisoptics. Faut se tenir prêt. Y a des balles perdues auxquelles il vaut mieux savoir répondre.

– Mais tu es le seul en TT ?

– Pas du tout. Regarde.

Il lui montre la colonne de droite. Quarante-six personnes connectées. Dont une qui apparaît à l'écran : on vient de l'interpeller.

– Je vois l'ambiance. On va pas pouvoir déj' ensemble du coup ?

– Chut. Attends.

Dans la salle présentielle, Dark Vador fait une pause, comme une invitation à prendre la parole pour qui voudrait ajouter quelque chose. Mais personne n'ose. Alors il reprend.

– Je ne sais pas si tout le monde est au courant. Justine va rejoindre le marketing à la rentrée. Son successeur sera Pierre Drexler. C'est quelqu'un de très très performant qui possède une excellente connaissance de Krisoptics…

Erwan relaie l'info illico à Quentin (absent de la réunion) sur Teams :

Erwan

On a le successeur de Justine au niveau de l'offre.
C'est Pierre ! 😱

Quentin

J'l'avais dit ou pas ? ✌️

Pendant ce temps, quelqu'un ose enfin prendre la parole. « Bonjour à tous. Donc voici le point *supply** d'août à octobre. La bonne nouvelle c'est qu'on n'a aucune alerte sur la nouvelle gamme d'appareils auditifs, néanmoins quelques points de vigilance... »

– Lui, tu vois, dit Erwan à Lisa, je suis étonné qu'il soit là. Il a fait un malaise vagal la semaine dernière. Je pensais qu'il serait en arrêt...

Lisa lève les yeux, la vie en entreprise, ça la dépasse. Erwan commence à avoir faim.

– On se prend un plat chez le Chinois ?

– Ah non, on a plein de trucs dans le frigo.

– Chut, attends !

Un collaborateur sur Teams lui envoie une info pour le prévenir. Ça risque d'être son tour. Effectivement, trois minutes plus tard, le fondateur vise le marketing, Erwan en tête.

– C'est une responsabilité marketing. Il faut qu'ils donnent le ROI. Est-ce qu'on pourrait avoir le bilan financier de l'opération ? Ce serait bien qu'il y ait quelqu'un du contrôle de gestion...

– Je suis là ! Bonjour, s'empresse de répondre Erwan.

– Tu as entendu ce qu'on vient de dire ?

– Tout à fait ! dit Erwan d'une voix tonique et assurée.

– Est-ce que tu as une réponse à nous apporter ?

– Aujourd'hui sur les coûts, c'est difficile, on n'a

* Approvisionnement.

pas tous les engagements complets du marketing. Maintenant…

Lisa remarque les mains tremblantes d'Erwan. Elle le pensait moins fébrile.

– Ma question n'est pas de savoir ce qui est difficile, mais ce qu'on a fait. Quelle rentabilité mesure-t-on ?

– La réponse ne peut pas venir que de la finance. Il nous faut un arrêté des dépenses 360 de l'équipe marketing.

– Tu te débrouilles avec le marketing, je veux une copie de l'arrêté des comptes pour la fin de semaine.

Il se déconnecte. « Ouah c'était chaud. J'ai failli me prendre un scud là. » Lisa lui passe la main dans les cheveux et file dans la cuisine. Il reste du chou rouge en salade et des pommes de terre sautées de la veille. Ça fera l'affaire. Elle dispose deux assiettes sur la table de la cuisine. Erwan la rejoint. Ils mangent en silence.

L'après-midi, Lisa corrige studieusement des évaluations à son bureau. Erwan bosse de son côté. Hormis quelques allers-retours en cuisine pour se réapprovisionner en café, elle ne l'entend pas.

19 h 15. Erwan ouvre la porte brusquement et apparaît les bras levés en signe de triomphe autant que de soulagement.

– Fini !

– Cool ! La soirée peut commencer alors… Par contre… C'est moi, ou ça pue la clope ? !

Le salon baigne dans les volutes. Lisa se lève et ouvre les fenêtres.

– Si tu peux dégager ton arsenal de la table basse, histoire qu'on passe à autre chose.

– Chef, oui chef.

– Tu crois pas si bien dire.

Lisa lui sert des gnocchis aux épinards et le reste de côtes-du-rhône du week-end. D'habitude, il rentre une heure plus tard, achevé par le trajet en RER. Le dîner est l'occasion de raconter sa journée par le menu. Là, elle sait déjà presque tout, plus besoin de s'épancher.

– Je vais devoir me lever tôt. Dans leur CR, pardon, le compte rendu, tout retombe sur les dépenses marketing, en gros, c'est pour moi. Le boss veut un compte de résultat pour demain midi.

– Mais alors, tu vas faire comment ?

– T'inquiète, j'ai ma roue de secours.

– Ah !

– Mathilde, ma stagiaire, elle va me rassembler les données. C'est simple à faire, mais long et fastidieux ! Elle est bien partie pour une nocturne…

Lisa repose ses couverts sur la table, elle n'a plus très faim.

– Et sinon, j'ai réparé la prise de la chambre.

– Oh t'es trop forte ma chérie, merci !

Erwan lève son verre de rouge et lui fait un clin d'œil.

Plus tard, il propose à Lisa de reprendre leur série du moment, *Succession*. Ils en sont au début de la deuxième saison. Lisa préfère *chiller* sur TikTok dans la chambre. Une errance numérique nécessaire pour oublier cette journée.

Avant, un couple se séparait le matin et se retrouvait le soir. Chacun son métier, et notre chez-nous pour se retrouver. On ne savait pas grand-chose de l'autre au travail. La pression qu'il subit restait en partie là-bas. On ne voyait pas ses habitudes avec ses collègues, le visage qu'il présente en milieu professionnel. Tout ça restait son affaire, on n'en connaissait que ce qu'il voulait bien en dire. Et c'était peut-être mieux. Maintenant, le compagnon devient aussi le *coworker*, et ce qu'on découvre ne nous plaît pas toujours.

Surfer en travaillant

7 heures. Richard se lève. Enchaîne quelques exercices de gainage. Avale un kiwi, une tartine, un grand thé pour s'hydrater. Une bise à sa compagne qui part travailler aux aurores. Il dépose les enfants à l'école puis prend son vélo pour se rendre au bureau. C'est sa routine matinale.

Richard est CEO (le boss) d'OptiFood, une entreprise qu'il a fondée avec son associé Christopher, COO (*Chief Operating Officer*, le directeur général). Les deux compères ont créé un progiciel de gestion des stocks pour les restaurants. Une levée de fonds réussie. Une solution B2B bien calée. La concurrence est rude, mais ils ont assez de clients pour envisager la rentabilité d'ici trois ans.

8 h 30. Richard arrive à la Cité numérique de Bordeaux. Christopher est déjà là et l'interpelle dès son arrivée : « On se fait notre point plus tard ? J'ai un *call* avec Alex. Il est en TT aujourd'hui. » Richard lève le

pouce, « Ok ! », et fait un petit tour pour saluer les collaborateurs déjà sur site : Sandra et Florian, deux bizdev* matinaux, qui lui répondent en souriant.

Richard s'assoit et déroule ses courriels, le sourire aux lèvres. Il est fier de son équipe. Il les trouve soudés, motivés. L'ambiance est bonne. Et leur entreprise attire les talents. Il y a deux mois, ils ont même réussi à recruter, en la personne de Théo, un UX designer**, un métier indispensable à la croissance mais difficile à pourvoir. Un petit jeune dynamique au profil « atypique » qui les a séduits au cours des entretiens. Tiens ! Ça tombe bien. Théo lui a envoyé un message hier soir qu'il n'a pas encore lu.

Sujet : Télétravail vendredi

Hello Richard,

Est-ce que je peux télétravailler ce vendredi ?

Il y a des vagues ce week-end à Biarritz et j'aimerais bien aller faire du surf sur trois jours ! La marée sera basse tôt le matin et tard le soir vendredi, donc je pourrai surfer à ces horaires et travailler toute la journée au calme dans la maison de ma grand-mère ; il y a du Wi-Fi. Ok pour toi ?

Bien à toi,

Théo

---

* *Business developer*. Les bizdev' sont chargés de la leadgen' (*lead generation* : la génération de *leads*. Les *leads* sont des *prospects*, c'est-à-dire des clients potentiels). En gros, les bizdev' doivent découvrir des opportunités commerciales, puis les convertir en clients.

** *User experience designer* : concepteur d'interfaces numériques dont la démarche est centrée sur l'utilisateur.

Richard tombe de sa chaise. Le gars est à la moitié de sa période d'essai et il veut partir surfer ?! Il lui ferait bien avaler sa planche ! Il s'apprête à rédiger un mail bien senti pour recadrer le gamin… mais se retient. Réagir à chaud, ce n'est pas une bonne méthode managériale. Il *forwarde* l'email à Christopher et se fait couler un macchiato à la cafét', histoire de redescendre.

Christopher découvre l'email de son associé pendant sa visio. Il connaît ses convictions sur le télétravail, alors il pianote un message à Richard sur Slack pour le désamorcer :

Christopher Lazimi
J'arrive. Ne t'énerve pas, rien de grave. On en parle tout à l'heure.

Les deux associés décident de faire leur point hors des bureaux, ils seront plus libres pour parler. Ils se rendent au café de la Cité et s'installent en terrasse.

– Attends, il est fou. « Je ne peux pas bosser, j'ai piscine. » Je pensais qu'on avait embauché un gars sérieux…

– C'est un peu osé, mais de là à dire que c'est pas pro… À une époque, je surfais moi aussi, à la montagne. Quand tu sais qu'un mètre de poudreuse est tombé, t'as envie d'y aller. Un week-end avec des vagues, c'est pareil…

– Attends, tu cales pas ton planning en fonction de la

lune mais des priorités. Comment tu peux défendre un truc pareil ? !

– Je ne le défends pas, je le comprends. Et il a la franchise de demander.

– Oui, ça, il manque pas de culot ! On est en pleine refonte. On en chie tous, et lui part surfer. Bel esprit d'équipe.

– On veut un UX designer encore plus qu'un *team player*. Rappelle-toi la galère pour le trouver. Théo, il surfe, mais il contribue aussi à baisser le *churn**.

– Parce que tu crois vraiment qu'il va travailler après avoir surfé ?

– Pourquoi pas ? Les endorphines, ça contribue à la performance. Tu fais ton gainage tous les matins toi, non ? Je ne te dis pas qu'on accepte. Mais pas la peine non plus de lui coller un avertissement. Laisse-moi lui répondre.

– Ouais, je crois que ça vaut mieux.

– D'ailleurs, je trouve que notre politique « pas de télétravail en période d'essai » est un peu radicale. Et je voudrais recruter un dev' qui habite loin. Il ne viendra jamais si on lui file pas du TT tout de suite.

– Ah non, on ne revient pas là-dessus !

Christopher n'insiste pas et écrit immédiatement à Théo.

---

* Nombre de clients perdus sur une période donnée.

Sujet : RE : Télétravail vendredi

Bonjour Théo,

Bien compris, mais cela ne sera pas possible. Nous préférons que, hors contraintes personnelles impératives, les équipes soient le plus possible au bureau qd les Projects Mgrs sont présents, pour faciliter la transmission. Et Clémence est là pour travailler avec toi cette semaine. Je te rappelle que nous sommes dans un contexte de refonte du *check out** dans lequel ton rôle est clé. Et tu es encore en période d'essai, le télétravail ne sera possible qu'à la fin de celle-ci, comme cela avait été spécifié.

Bonne soirée

Christopher

Christopher relit et planifie l'envoi à 19 heures pour éviter que Théo ne se démotive aujourd'hui. Une petite technique managériale éprouvée, selon lui.

19 heures. Théo reçoit l'email de refus alors qu'il est dans son salon, avec ses deux colocataires, Pierrick et Antony, et des bières.

– Mais noooon ?! J'en reviens pas ! s'écrie Théo.

– Quoi ? *Que pasa ?* demande Pierrick.

---

* Enregistrement de la commande d'un consommateur sur un site e-commerce.

– Mon boss refuse de me laisser en télétravail pour aller à Biarritz ce week-end.

– Pas cool…

– Carrément pas ouais. Ils prévoient de la houle vendredi. Plage des sables d'or à marée basse le matin… ça passait crème, je les comprends pas.

– Tu vas faire quoi ?

– Rien, abandon de poste. Ils me saoulent trop.

– Style tu te barres…

– Ouais, je m'en fous. J'ai trois autres offres. Ils devraient savoir que je suis pas là pour glander. S'ils ont pas confiance, tchao, ça leur fera les pieds.

Antony cherche une vidéo sur son smartphone qu'il trouve.

– Si tu te barres, ils vont te demander pourquoi. Tu leur réponds ça ! dit Antony.

Il s'assoit à côté de Théo et lui met sous le nez une vidéo sur TikTok :

« *What to say when your boss asks why you're quitting your job ?** »

Gros plan sur un hipster à la voix grave qui répond : «*Just don't enjoy it ! It's not an enjoyable experience for me and I don't like any of you***» et éclate de rire.

– Et après le surf, tu vas taffer ou te pieuter ? Sérieux, interroge Pierrick.

Théo claque le cul de sa bière sur celle d'Antony.

---

* Que dire quand votre patron vous demande pourquoi vous quittez votre emploi ?

** Je n'y prends aucun plaisir ! Ce n'est pas une expérience agréable pour moi et je n'aime aucun d'entre vous.

– Après une session, je suis en forme. Ça me booste. S'ils comprennent pas ça, tant pis pour eux.

– Ouais, enfin bon, dit Pierrick, t'es quand même en période d'essai, et, en vrai, un gars qui me demande du télétravail pour surfer, ça me ferait tiquer. J'dis ça, j'dis rien.

– Bah, dis rien alors, rigole Théo.

– On se détend, tempère Antony. Mais avoue Théo que si tu le prends comme ça, c'est que tu peux te le permettre, t'as « juste à traverser la rue » pour trouver un job.

– En vrai, t'es jamais obligé de rien, dit Théo. Les patrons se croient tout permis parce qu'on plie tout le temps.

– Ouais, enfin, faire preuve d'engagement, ça reste un moyen assez fiable de progresser, conclut Pierrick.

Deux visions du travail s'affrontent. D'un côté, ceux qui veulent des équipes à 110 %. Dans leur imaginaire, la motivation se mesure à la sueur du front. De l'autre, ceux pour qui le travail n'est qu'un contrat. Ceux-là seront d'autant plus impliqués qu'on les laissera s'organiser et s'épanouir à côté.

Mais alors comment mesurer l'engagement ? Au temps passé ou au résultat délivré ? Si on assure en surfant, faut-il le clamer ou le cacher ? Ces questions ne vont pas sans une certaine hypocrisie. Si vous avez assuré le taf entre deux vagues, parfait, mais on préfère ne pas le savoir. La sieste après la pause déj ? On ne vous paye pas pour dormir. Une *power nap* à la rigueur, c'est tendance, et on s'y remet, plein d'énergie. La pause-café entre collègues, OK, ça fait partie de la vie de l'entreprise. Mais, chez vous, merci de ne pas promener votre chien au milieu de l'après-midi.

Microworking*

La femme d'Arthur est fatiguée. Fatiguée des heures de pointe, d'enchaîner les visios, d'expliquer les bases du digital à sa boss qui n'y comprend rien. Pour se contenir au boulot, elle stocke sa rage dans le dos. Résultat : un point douloureux à l'omoplate droite irradie son épaule. Ce matin, Arthur l'a vue se palper le trapèze en grimaçant. Il la connaît bien : elle préférera serrer les dents que soigner son dos.

Alors, il a une idée : lui offrir un massage. Mais pas « juste un massage », un vrai moment de relaxation dans un spa, avec des professionnelles à son service. Il trouve le centre Mille et un massages. D'après les avis Google, les clients ont l'air conquis. « Un havre de paix, c'est parfait. » « Un moment magique, nécessaire pour mon corps. » En visitant leur site, il découvre qu'ils utilisent des petits tampons du Siam : « Ces petits ballotins de tissu remplis de citronnelle et d'eucalyptus, chauffés

* Travailler dans des situations où l'on ne devrait pas travailler. Le terme n'a pas pris, mais l'activité si.

à la vapeur, font disparaître les nœuds et libèrent les tensions. » C'est ça ! Il voit déjà sa femme reposant zen au milieu des bougies, une serviette chaude enroulée sur la tête, sur fond de musique indienne... Feu ! Arthur ira sur place entre midi et deux prendre une carte-cadeau.

« Ne m'attendez pas pour déj' ! » dit-il à ses amis de l'espace de coworking.

Ce n'est pas à côté, mais Google Maps lui indique que c'est faisable à pied. Ça lui fera une balade. Il prend les Grands Boulevards direction Strasbourg-Saint-Denis, mais la circulation piétonne à Paris est une science délicate. Arthur esquive un chien minuscule apparu sous son pied, une trottinette manque de le renverser et il évite une femme de justesse. Il tente de passer par la droite, elle dérive à droite. Par la gauche, elle titube à gauche. Il la contourne enfin et accélère. Focus sur son iPhone, elle était aveugle au monde extérieur. La voie est libre. Mais un type bien déter' fonce vers lui en hurlant : « Mais on converge pas du tout là ! » Arthur lui répond qu'il ne comprend pas. Mais en fait, le gars ne s'adresse pas à lui. « Bah, tu lui dis *fuck*, mais en enrobant... Non. J'ai rien de prévu... Mais je peux tout annuler. » Ce fou qui parle dans le vide porte des Earpods. Il est au téléphone. Ce n'est pas le premier qu'il croise à discuter comme s'il était tout seul, mais à chaque fois, ça le surprend.

12h45. Le flux des piétons pressés l'a retardé. Arthur descend dans le métro. À cette heure, il trouve une place assise dans la rame et checke ses emails. « Merci beaucoup, bien reçu. » Sa cliente accuse réception, mais n'a encore rien lu. Pas de pression donc, il a le temps. Arthur souffle un peu. Et reçoit un coup de coude de sa voisine ! « Oh, pardon ! » Elle lui esquisse un vague sourire d'excuses avant de sourire à pleines dents à son téléphone tendu à bout de bras. Clic. Elle valide le cliché sur une appli et poste sa photo sans délai. Trente-cinq millions de personnes à travers le monde qui en ont assez des photos trop lissées d'Insta postent comme elle sur l'appli BeReal (« Sois vrai », se prononce « Biril »), relevant des défis quotidiens : chaque jour, les MAU (*monthly active users*) reçoivent une notification à un horaire aléatoire. Ils ont alors deux minutes pour poster un selfie et l'arrière-plan, où qu'ils se trouvent. Pas de filtre, pas de retouche, que du « réel ». Insta tremble…

La fille s'autorise quand même une seconde prise. Cette fois le bras bien levé pour dissimuler le double menton. Mais elle n'en fera pas de troisième, l'appli les comptabilise. Elle signale aussi tout retard de publication. Ce sont là les nouveaux indices d'authenticité. Mais se montrer sans artifice n'est-il pas l'artifice suprême ? BeReal mais BeFake en même temps. En tout cas, le coup de coude dans les côtes était bien réel, lui. Il se replonge dans un GoogleDoc qu'il annote jusqu'à la station Madeleine.

Dix minutes plus tard, il pousse la porte de l'institut de soins. Il découvre un beau comptoir en bois mat derrière lequel une hôtesse en tunique noire l'accueille d'une voix douce dans un parfum de fleurs et d'épices. À gauche, au fond d'un couloir, une cliente en peignoir boit une tisane à la lueur d'une bougie orange. Juste à droite du comptoir, une autre cliente assise sur un canapé anthracite attend son tour. Un piano *pianissimo* sur un son de rivière et d'oiseaux rompt avec le chaos urbain. Arthur se sent rasséréné, relaxé.

– En quoi puis-je vous aider, monsieur ?

– Eh bien… en fait, je voudrais offrir un massage à mon épouse. Elle est fatiguée en ce moment et elle a un point douloureux dans le dos.

– Vous avez une idée de ce que vous voulez ?

– J'ai repéré des soins sur votre site, mais je ne me souviens plus…

La fille lui sort la carte des prestations.

– Le Jian Fei, c'est ça ! Ah, mais le Rituel ancestral aussi me faisait de l'œil…

– Le Jian Fei est très bien, mais le Rituel ancestral est une expérience à part. Si votre compagne est tendue, stressée, c'est l'idéal pour un lâcher-prise total. Il dure deux heures par contre, et est donc un peu plus cher…

– Ça me paraît bien, ça l'obligera à faire un vrai break. Mais, est-ce que les tampons du Siam sont utilisés dans ce soin ?

Une voix tonique les interrompt. La cliente assise sur le canapé anthracite a pris un *call*. « Le DJ, oui, il a confirmé […] Le traiteur ?» Elle ouvre son Mac sur les genoux, clique, navigue et ouvre un document. «Oui, celui-là est plus cher, il travaille uniquement avec des produits locaux. […] L'origine du filet mignon ?»

Arthur comprend que cette femme organise des mariages. Il connaît, il a fait appel aux services d'une *wedding planner* pour le sien. Pour lui qui est nul en logistique, ce métier paraît l'un des plus stressants au monde. Elle est sûrement venue se détendre ou alors tester cet institut pour ses clients. En tout cas, elle parle fort. On dirait que son client l'appelle d'un chantier ! Arthur lui lance un regard noir, mais la *wedding planner* est dans sa bulle. «Bien sûr, Françoise […] Ne vous inquiétez pas, nous avons d'autres formules pour épater les papilles de vos convives…»

La femme de l'accueil tente de reprendre le fil avec Arthur.

– Comme je vous expliquais, le Rituel ancestral est le choix idéal pour se ressourcer et apaiser toutes les tensions du corps. Et pour répondre à votre question, les tampons du Siam sont bien utilisés lors de ce soin.

– Ah très bien, très bien. Par contre, j'ai vu qu'il y avait une partie réflexologie et ma femme a des problèmes d'articulation aux doigts de pieds… l'inconvénient de porter des talons…

– Oh, ne vous inquiétez pas, nos praticiennes savent très bien gérer ça.

Quelqu'un s'agite près du comptoir. La *wedding planner* plante son chargeur d'iPhone dans une prise murale, au niveau du sol, tout en poursuivant sa conversation en position accroupie. Sa voix semble augmenter de volume, comme pour compenser la faiblesse de sa batterie. L'iPhone coincé entre l'épaule et l'oreille, elle tend le bras, attrape son Mac du bout des doigts et le pose au sol. « Non, non, ce n'est pas inclus. Je crois qu'on ne s'est pas bien compris ! Ça représente… » Elle ouvre un tableur Excel. En deux minutes, la *wedding planner* a perturbé toutes les ondes feng shui de l'institut.

– Je vous règle par carte ?

– Comme vous préférez. Je vous prépare sa carte-cadeau.

La femme sort une belle enveloppe vert sauge et lui demande de remplir les blancs d'un bristol joliment calligraphié. Arthur s'exécute et sort de l'institut un peu sonné. Au milieu du trottoir, il checke ses emails : toujours pas de réponse de sa cliente. Il retourne à son espace coworking. Son voisin de bureau lui demande : « T'as l'air tout énervé, tu reviens d'où ? »

Tu serais pas un peu psychorigide, Arthur ? La *wedding planner* était ravie, elle. Son travail « à la volée » lui donne l'impression d'optimiser son agenda. Elle a testé l'institut ET a été réactive avec sa cliente. Certes, un institut de soins n'est pas le plus adapté des lieux pour travailler… mais tout le charme est là : travailler là où on n'est pas censé travailler. Shooter un email sur un quai de métro, réussir son call en marchant sur un boulevard encombré, ce sont des victoires !

Grâce aux technologies connectées, aux Earpods et à la 4G, les quais de métro, les salles d'attente, les aires de jeux pour enfants et les terminaux d'aéroport sont les *open spaces* des *winners*. Les smartphones redonnent vie à nos temps morts. Jusqu'à épuisement.

Les tracances

En ce beau jeudi de l'ascension, Emma se tient derrière son bureau chez elle à Chatou. Elle peine à corriger sa pile de mémoires. Depuis ce matin, la jeune prof d'histoire à Paris X-Nanterre patine. Son mari est au bureau. Et sa fille dort encore. Elle devrait profiter de ce moment calme, pas si fréquent ces derniers temps. Mais elle n'y arrive pas. Elle cherche alors un peu de motivation auprès de sa bonne copine Claire, toujours dispo sur WhatsApp.

Emma
Je bloque 😱

Claire
Quoi ? *que pasa* ?

Emma
Rien, justement. J'ai le cerveau en mode avion, j'ai à peine annoté un mémoire ce matin, il m'en reste 20 !!!

Claire
Faut couper bichette. Les ponts, c'est pas que pour les cons 😊. Moi je suis au Val-André, chez des amis. J'ai tout laissé à Paris. Ça oblige à se reposer. 😎

Emma
Mais je dois tout remettre fin de semaine prochaine.

Claire
Ça te laisse 4 jours au retour. Conseil : tu t'offres une vraie coupure et tu reprends à fond au retour en mode efficace. T'es avec Louise là ?

Emma
Oui, elle dort…

Claire
Et Julien aussi ?

Emma
Non, encore bloqué au bureau par sa mission de musées virtuels.

Claire
Laisse-le, et rejoignez-nous au Val-André ! Je suis avec Zoé. Elle sera trop contente de voir Louise.

Emma réfléchit. Prendre l'air. Claire a trop raison : la mer, ça la changera du RER Chatou-Nanterre.

Elle connaît bien Val-André en plus. À une époque, ses parents louaient à Saint-Cast, pas loin. Les plages sont magnifiques dans le coin. Hop ! Emma déniche en *last minute* une petite maison dispo et pas chère sur Airbnb. Elle réveille sa fille, qui râle qu'elle lui ait sabré sa grasse mat', mais finalement bien contente de retrouver sa copine Zoé, et appelle son mari, qui évidemment ne répond pas. Elle opte pour un SMS.

Hello Chou !
Besoin de m'aérer l'esprit, je rejoins Claire
en Bretagne, au Val-André. Tu sais, j'y allais petite.
J'ai trouvé un petit Airbnb. J'emmène Louise, comme
ça, tu pourras bosser tes musées tranquille 😉
On revient dans quelques jours 😘

Deux heures plus tard, près de l'entrée, bagages aux pieds, Emma regarde l'heure sur son portable. Midi. Ça va. La proprio du gîte a dit qu'elle pouvait les attendre jusqu'à 20 heures. « T'es prête chérie ? On y va. » Le tel vibre. SMS. C'est Julien.

Julien
Personne au bureau auj 😴. Je viens avec vous.
Je bosserai de là-bas. Il y a bien le Wi-Fi ?

Emma
Oui

Julien
Vous n'êtes pas encore parties ?

Emma
Non, mais bientôt.

Julien
J'arrive, j'arrive. 30 mn

Arrivée à Val-André à 19 heures, la famille découvre une jolie maison lumineuse avec deux chambres : une qui ferme, cédée à Louise pour y ruminer ses humeurs de préado et roupiller jusqu'à point d'heure, l'autre, pour les parents, séparée du salon par un simple paravent. Julien pourra y travailler la journée, sur la petite table et le fauteuil de bureau collés au lit.

Le soir, groggy par le voyage, chacun reste dans son coin. Emma prépare un repas rapide en cuisine. Julien galère à saisir le code Wi-Fi : il veut être paré pour son *call* de demain. Louise tchate avec Zoé sur son lit. Emma crie : « C'est prêt ! »

On dîne, on range, et on se couche tôt.

Le lendemain, debout avant tout le monde, Emma boit un thé en cuisine en profitant de ce moment de calme et de solitude. Elle s'étire un peu et observe, songeuse, les gouttes glisser sur la baie vitrée. Avec un temps pareil, les escargots doivent être de sortie. Petite, sa fille adorait les soulever. Emma lui disait : « Fais attention, Louise. La coquille est fragile, et c'est leur maison. » Louise rigolait quand leurs antennes se rétractaient… Emma sursaute. Une voix dynamique envahit le salon.

« Oui ! J'ai bien eu votre retour, je vous remercie… on est seconde moitié de mai… s'il était possible de se rencontrer, ça nous permettrait de prendre de l'avance sur la partie analytique… Ah pardon, j'ai un casque… vous m'entendez bien là ? »

Emma entend très bien oui, merci. Et nulle part où s'échapper, elle se prend de bon matin les vociférations de son mari qui parle toujours plus fort en *call* quand la connexion est mauvaise. Comme si ça allait changer quoi que ce soit au réseau disponible… Et impossible d'y échapper, le paravent qui sépare la « chambre/bureau » est juste là pour la forme. Et puis dans cette grande pièce nue et carrelée, l'acoustique est épouvantable, le moindre son se réverbère. Pas de quoi en faire un plat, mais d'un coup, ça prend une certaine importance.

« … Excusez-moi, mon micro avait glissé. Je peux me libérer une semaine si j'arrive à déplacer… OK… oui… oui… Oui, le 30, il y a des chances que je sois là. Désolé, je jongle avec mon agenda. Alors nous, on espérait faire une tournée entre le 19 juin et le 4 juillet pour checker vos besoins… non… pas tous… »

Emma ne veut pas écouter, elle essaie de se couper. Mais la conversation tronquée la tire de ses pensées, son cerveau remplit les blancs malgré elle. Les Anglais ont inventé un mot pour désigner ces conversations dont l'auditeur ne perçoit qu'un seul côté : *halfalogue*. Ni dialogue ni monologue, un truc hybride qui capte votre attention en dépit de vos efforts. Le plus dur, ce sont les coupures. Les «mmm...», les «oui...», les silences...

«Du coup on fait ça la première semaine de juillet... mmm... Fin juin alors, mais peut-être puis-je... en mission... oui... oui bien sûr. Ah oui je vois... En effet... oui... oui... Du coup, on le fait la première semaine de juillet... mmm peut-être que je pourrais... oui... oui bien sûr. Je vois... Bien sûr... oui... oui... avec plaisir ha ha ha d'accord. On s'est rencontré pour en parler, il semblait moteur du projet... Bah oui, oui... mmmmm... Évidemment! Du coup, ça nous fait plaisir de le lancer avec lui et de poser les premières pierres de ce projet.»

Mon Dieu, cette voix mielleuse! C'est sûrement son directeur de la FRAC* au bout du fil. Julien travaille dans une agence de réalité virtuelle. Il est chargé d'une mission de création d'expos virtuelles à Limoges et Angoulême. Il planifie une tournée avec son designer 3D et sa cheffe de projet pour rencontrer les chargés d'expo.

---

* FRAC : Fonds régionaux d'art contemporain.

«Voilà, début août, c'est ça?… Oui et du coup, les tableaux à sélectionner… OK. C'était après Louis… avec Jean-Pierre Nolhé, tout à fait… ah d'accord… D'accord… Heu… OK mais du coup, faut que je fasse un point avec l'équipe projet.»

Les «du coup» à répétition de Julien, ce satané tic de langage qu'il n'a qu'au travail, écorchent les oreilles d'Emma. Pour détourner son attention avant que ses nerfs ne lâchent, elle cède à ce qu'elle s'était pourtant juré de ne pas faire en Bretagne : ouvrir TikTok. Juste quelques minutes, histoire de se concentrer sur autre chose.

L'appli lui lance directement Elvis Presley en costume blanc qui chante : « *We're caught in a trap / I can't walk out**… » Ironie quand tu nous tiens… À croire que l'algorithme chinois lit dans sa tête. Dieu qu'il était beau quand même! Et sexy avec son front en sueur. Mais la voix du King se hache, ça coupe, ça rame. Emma se rabat sur Deezer qui mouline aussi. Julien squatte toute la bande passante avec sa visio! Le traquenard. Et Louise qui se fait entendre. Du fond de son lit, elle s'écrie :

– Cinq minutes pour poster! Mais on est où là?! Je vais décéder!

Et la petite furie de débouler dans le salon.

– Maman, ça va pas le faire!

---

* «Nous sommes pris au piège / Je ne peux pas en sortir…»

– On est d'accord. Viens, on va prendre un chocolat dehors.

– Heuuuu, t'es au courant qu'il pleut ?

– Mets ton imper. On y va.

Chocolat au salon de thé Chez Vivianne, galette au Baramoules, balade sur la plage entre deux averses, Emma et Louise passent un moment privilégié mère-fille jusqu'au goûter chez les amis de Claire. Au fond du jardin, abritées, Emma se confie à son amie.

– Alors cette première journée, ça fait du bien, non ?!

– Ça va, ça va.

– C'est tout ?

– C'est pas vraiment la coupure espérée. Ce matin, ça m'a gavé son *call.* J'avais pas prévu ça pour ce week-end.

– J'adore Julien, mais faut avouer qu'il s'est un peu incrusté.

– Bah... lui aussi il a besoin de changer d'air. Et comme ça, on est en famille...

– Oui, c'est sûr... c'est *tricky*... Du coup, vous allez faire quoi ?

– Ah s'te plaît. Pas « du coup » ! Julien le place à toutes les phrases quand il est en *call.* J'en peux plus ! Je sais pas si c'est le stress qui lui fait ça, mais ça me saoule.

– Invite-nous à déjeuner demain, j'ai une idée...

19 heures, retour à la maison. Julien a disposé sur la table de la cuisine cornichons, tranches d'andouille,

chips de sarrasin... Et pof! Il fait sauter le bouchon d'une bouteille de cidre. «Mesdames!»

Emma est ravie que son mari ait enfin lâché l'ordi. Louise se jette sur les chips. L'ambiance est détendue, on sourit, chacun raconte sa journée. Julien en profite pour glisser une info, l'air de rien.

– Demain, j'ai une réunion méga-importante à 9 heures. Faut absolument pas que j'aie de bruit autour de moi. Louise, je te propose qu'on bascule dans ta chambre et que tu prennes la nôtre. Comme ça, tu pourras dormir tranquille. Et je vous dérangerai moins derrière la porte qui ferme.

– OK. D'ailleurs, on aurait dû faire ça dès le début, ajoute Emma.

– Mais ça va pas la tête! s'insurge Louise. Vous avez déjà dormi toute la nuit dans ce lit. Je ne vais pas dormir dans vos draps! Dégueu! Et j'ai besoin de mon espace, c'était le deal, c'est pas négociable.

– Dans ce cas, Mademoiselle Princesse, tu te lèves tôt et tu laisses ta chambre à ton père le temps de sa réunion. Ça non plus, c'est pas négociable!

Le lendemain, à 8h45, Julien a pris possession de la chambre pour planifier la tournée des FRAC avec son équipe. Louise s'est exilée en ronchonnant et bougonnant dans le lit parental.

Grâce au fond flouté, les interlocuteurs de Julien ne voient pas sa carcasse d'ex-pilier de rugby coincée derrière un petit bureau entre le lit de sa fille et le mur de la chambre. Emma le regarde avec compassion organiser le *kick off** de sa mission, genoux collés à la table, imperturbable.

– Aude, t'es sur *mute* là ! Active ton micro si tu veux intervenir. OK c'est bon. Ouais donc j'ai eu Patrick au tel. Oui ça va, c'est bien passé. Bon ! pour le *kickoff*... (il regarde son agenda partagé) non je vous le *forwarde* pas ! tout est sur le drive. Bah si, tac dossier, sous-dossier... tac heu du coup, j'ai fait un doc avec les adresses mails de tout le monde. Y a le glossaire des membres des FRAC. Ah d'ailleurs faites attention aux documents qu'on communique, c'est *touchy*. Je me suis pris une pique de la directrice. Les majuscules dans les intitulés de poste, c'est hyper important. Ils sont orgueilleux...

Sinon, Alexis, rassure-moi, t'as bien préparé les casques ?... Non, tu vas dans « drive partagés »... voilà... « dossier 02 ». Non pas celui-là, c'est « RVvoyagepréliminaire V2 » le bon doc. Du coup, on voyage le jour même, et le lendemain on pourra rencontrer la chargée d'expo...

J'entends bien Aude, mais on n'a pas de visibilité là-dessus... Tu reviendras vers moi après Angoulême en sachant que là... voilà ! on est en phase... et du coup,

* Démarrage d'un projet. Le *kickoff meeting* est la première réunion avant le démarrage de la production. Dans les plannings des présentations officielles, on écrit *kickoff* plutôt que « démarrage. » Ça donne au client l'impression que son projet ne va pas juste démarrer, mais décoller.

pour les salles de conférence ? On checkera avec le chargé d'expo sur place…

Emma ferme doucement la porte de la salle de réunion/ex-chambre de Louise et décide d'enfin profiter de son séjour. Le temps n'est pas clément, il pleut encore, alors elle prend son bouquin et goûte le calme des lieux. Une heure plus tard, il est temps de préparer le repas. Claire et sa fille Zoé viennent déjeuner. Emma sort les oignons, les champignons et le vin blanc pour préparer des galettes soubises comme elle en mangeait petite. Mais il manque le cidre. Emma whatsappe Claire.

Emma
Tu peux prendre du cidre ?

Claire
Yes, yes, je reviens vers toi ASAP avec le cidre.

Claire est chef de projet dans une agence de transformation digitale. Le jargon de Julien, elle le connaît et depuis hier, elle en joue avec son amie. Une sorte d'échauffement avant le déjeuner. Parce que c'est ça son idée : charrier Julien en parlant le langage « boulot » hors contexte. Une manière de lui faire comprendre qu'il est préférable de garder les choses bien cloisonnées entre le boulot et la vie privée, et au passage de pointer le ridicule du vocabulaire d'entreprise.

Emma
Merci, belle proactivité de ta part.

Claire
Aha bien joué. Sauf que proactif, ça fait boomer chérie.
Aujourd'hui, faut dire agile.

Emma
Agile ? C'est vieux comme mot. Bon, pointez vite vos faces. Va y avoir un grain.

Claire et Zoé arrivent une heure plus tard sous des trombes d'eau. Claire retire son ciré et tend le cidre à Emma. « Du Val de Rance, le *must have* des crêperies ! » Julien a terminé son *call* et embrasse Claire. Zoé a immédiatement rejoint Louise. Les deux se sont réfugiées dans la chambre séparée, loin des vieux, et scrutent leurs smartphones en gloussant.

– Quinze minutes pas plus, les téléphones, Louise, hein ! crie Emma.

– Oui oui, maman. C'est bon !

– Zoé ! Tu me dis bonjour quand même ? demande Julien. *(Zoé lâche son tél, émerge du paravent et fait la bise à Julien en coup de vent.)* Je peux aider sinon ?

– Oui, du coup, tu peux mettre le couvert, répond Emma.

– Ok, mais d'abord je vous sers en cidre.

– Oh, belle proactivité apéritive, dit Emma.

– Mais, attention, on a une *deadline* sur la cuisson des oignons, dit Claire affairée au-dessus de la poêle tout en tendant son verre. C'est quoi les coûts bénéfices eau et cidre, Julien ?

– Heu, quoi ? Tu veux de l'eau ?

– Non, non, je suis plutôt en phase avec le cidre. Tu me sers une bolée ? Emma, les oignons, c'est dans le *pipe* ?

– Je ne sais pas si je suis en capacité de m'en occuper. Faut que je fasse un point avec l'équipe projet.

Julien commence à capter qu'on se moque de lui.

– OK, OK. Je prends votre point*.

– Cool alors, tu peux aussi prendre le *lead* sur la prochaine galette, s'il te plaît ?

Il se met aux fourneaux de bonne grâce.

– Il est où le sel ? demande Julien.

– Je reviens vers toi avec le sel.

– *Let me check* pour toi, ajoute Claire qui ouvre les placards.

À table, le chambrage continue.

– Une galette complète, c'est bon pour le *teambuilding*, dit Claire. Mais je parle sous ton contrôle, Julien.

– Sérieux, je parle vraiment comme ça, du coup ?

– Oui, et ça me gêne pas… quand t'es au boulot. Mais là, on est en vacances ! dit Emma, en vidant sa bolée de cidre. Et aussi, tu dis vraiment beaucoup « du coup ».

---

* « C'est de bonne guerre », en langage d'entreprise.

– Ah mais ça, c'est bien de me le dire. Ça fait pas quali avec un directeur de FRAC…

– Ça fait pas « quali » comme tu dis… surtout quand on essaye de lire dans le salon. On n'est pas dans ton *open space* ici.

– OK, OK, je crois que j'ai reçu le message. On peut peut-être arrêter la plaisanterie, là, non ?

– Je t'assure que je plaisante pas.

– La prochaine galette est pour qui ? demande Claire, poêle à la main.

– Moi ! dit Louise.

– En tout cas, rumine encore Emma, j'espère que t'as bien avancé ta tournée, car on n'a pas kiffé du tout. Désolée, pour ce langage pas très *corporate.*

Julien se tait, il sent qu'il faut que ça retombe. Claire ne sait plus où se mettre. Les filles n'osent plus moufter. Au bout de quelques minutes, Julien tente de briser la glace.

– Je te remplace aux fourneaux, Claire ? *(Il se tourne vers Emma.)* Bon désolé, pour le boulot, vraiment.

– La prochaine fois, on choisira un meilleur endroit, c'est tout, répond Emma. Le télétravail, ça ne s'improvise pas.

La parodie initiée par Claire désamorce le clash en famille, mais esquive la grande question de fond. Qui prime en vacances : les vacanciers ou les télétravailleurs ? En tout cas, ils devront cohabiter. De plus en plus de Julien partent avec PC et dossiers au bord de la mer

– ou à la montagne – pour profiter d'une atmosphère de vacances au travail.

Les Anglais appellent ça *workation*, une contraction de *work* (travail) et *vacation* (vacances). En France, on dit « tracances », fusion de travail et vacances. Ces mots fusionnent bien, mais leurs mondes fusionnent mal. Les tracances ne sont justement pas des vacances, mais du travail expatrié, et c'est là le problème. La connexion Wi-Fi empêche Julien de se déconnecter. Et l'entourage de décompresser.

Réunion hybride

On appelle hybrides les réunions qui mêlent des personnes en présentiel et en distanciel. Du latin *hibrida* : « bâtard, de sang mêlé », l'adjectif « hybride » désigne un croisement entre deux espèces. Une clémentine est le croisement d'une mandarine et d'une orange. L'hybridité est une métamorphose qui prend les avantages de l'un et de l'autre. Une clémentine est facile à éplucher et sans pépins. Que donne une réunion hybride ?

Lundi, 9 h 05. Célia, cheffe de projet, est tendue en arrivant au Studio Peache3D. Dans une heure, elle reçoit Blanche G., autrice de la BD à succès *Les Dessous du féminisme* que le studio adapte en série animée. Ce matin, Blanche vient pour valider les pistes visuelles qu'elle a reçues du Studio. Pour l'instant, elle n'a rien dit. Ce n'est pas bon signe. Elle est d'autant plus stressée que Blanche est censée rencontrer toute l'équipe : Sandrine (responsable éditoriale), Quentin (responsable technique) et Guido (directeur artistique). Or, Guido ne sera pas sur place. Ce créatif un peu diva ne vient jamais au bureau le lundi. Et aujourd'hui était le seul jour possible pour Blanche, avant une tournée de dédicaces et de salons. Guido sera en distanciel alors que c'est lui qui a fait la proposition graphique. Une réunion hybride donc.

Célia checke d'abord si la salle de réunion média est bien libre. Elle l'a réservée, mais elle est souvent squattée par les salariés de la société de production mère. C'est la seule salle de l'immeuble équipée pour l'hybride. La caméra filme l'ensemble des participants, la prise de son est collective, l'écran est grand, bref, elle est à la pointe. Célia pose les croissants sur la table, vérifie qu'il y a des capsules de café et ajuste le grand écran qui hébergera Guido. Tout est en place. Bip ! Blanche est à l'accueil. Célia descend l'accueillir.

« Bonjour Blanche ! Ça fait plaisir de se voir enfin en vrai ! »

Célia emmène l'autrice au premier étage faire un petit tour de l'*open space*. « Voilà ! Bienvenue… chez toi ! » Elle conduit Blanche dans la salle peuplée de grands Mac, de doubles écrans et d'animateurs 3D casqués. « Lui, c'est Marc, il est opérateur *compositing**. Jamais sans son casque. Et voici Beth. Bonjour Beth ! *(Elle agite la main en réponse.)* Beth travaille sur Lylia, une adolescente héroïne d'une BD finlandaise. » On la voit la dessiner

* Opérateur *compositing* : manipule, assemble, mélange des images ou des effets spéciaux pour en faire un plan unique naturel.

en 3D à partir d'un croquis. Curieuse, Blanche s'approche de Beth et lui demande quel logiciel elle utilise. Celle-ci lui montre les entrailles de son ado virtuelle en vecteurs. «J'adore ! Comment tu as fait pour le faire en 3D aussi bien ?» Beth lui montre les fonctions qu'elle a à sa disposition.

Célia n'en perd pas une miette. Elle remarque que Beth et Blanche connectent, que Blanche n'est pas une simple illustratrice, elle a des notions techniques (va falloir briefer Quentin) et surtout, qu'elle apprécie le travail de Beth… qui est malheureusement à l'opposé du traitement proposé par Guido…

Célia improvise.

– Beth, tu te joins à nous pour la réunion ? C'est toujours bon d'avoir un œil extérieur au projet.

Beth, Célia et Blanche entrent dans la salle média. Sandrine et Quentin sont déjà là et se lèvent pour saluer Blanche. Chacun prend place autour de la table ronde et du grand écran. Célia connecte Guido.

– Comme je t'avais dit, Blanche, Guido est à La Rochelle aujourd'hui. Mais ça sera comme s'il était parmi nous.

Petit temps de mise en route. On voit Guido, mais on ne l'entend pas.

– Guido ? Ton micro !

– Zut. Et là, c'est bon ?

– Non, ça résonne trop là !

– Ah merde, attendez je me connecte de mon bureau.

Une minute s'écoule, longue et silencieuse.

– Et là, vous m'entendez bien ?

– Oui. C'est bon.

Célia inspire un bon coup et reprend.

– Bon, nous voilà au complet. Je suis ravie qu'on se rencontre tous ! Blanche, on ne t'a jamais présenté l'équipe. On va faire un petit tour de table.

Chacun décline son prénom et son poste. Blanche plaisante :

– Ravie et impressionnée, mais vous auriez du sucre ?

– Le sucre, c'est une drogue, il faut se désintoxiquer, lance Quentin avec un petit sourire. Je blague, tiens.

Il lui tend une dosette et une touillette.

– Tu es devenue un phénomène, poursuit-il. Le succès des *Dessous*, c'est une dinguerie. La série va te faire passer au niveau supérieur. Et tu pourras décliner le concept, créer une vraie franchise, et toucher un max de monde. C'est top. Perso, je dois dire que j'adore ton combat. Montrer les coulisses d'une féministe en tournée, sans narcissisme. Et avec cette patte Blanche !

– Pas la peine de la flatter, dit Célia en rigolant. Elle sait déjà qu'elle est géniale.

– C'est vrai, c'est vrai. Vas-y enchaîne, Célia. Mais bravo.

– Non, non, continue, j'adore les compliments, rigole Blanche.

L'ambiance est détendue. Mais pas pour Guido qui ne comprend pas pourquoi Beth est là. Il envoie discrètement à Célia un message par WhatsApp : « C'est quoi le plan avec Beth ? »

Célia voit le message, mais ne peut pas lui répondre en aparté avec Blanche à ses côtés. Elle choisit d'enchaîner.

– Bon, on rigole, mais on est aussi là pour discuter des pistes qu'on t'a envoyées, Blanche.

Célia ouvre les maquettes en mode partage d'écran. La tête de Guido se réduit à la taille d'un timbre-poste. Blanche a l'air de se renfermer. Les *good vibes* retombent.

– Voilà. Ce n'est qu'une proposition. Un premier jet pour te faire réagir. On échange et on adapte.

Guido ne comprend pas pourquoi Célia promeut si peu la maquette. Il la whatsappe.

Guido

Tu m'expliques pourquoi tu sabotes le pitch de la propale ?

Célia ne peut toujours pas répondre. Guido prend le micro.

– Je crois qu'il faut qu'on t'explique un peu pourquoi cette proposition nous convainc… Célia, tu peux désactiver le partage de document ? Merci.

Son visage remplit tout l'espace du grand écran. Son arrière-plan flouté lui donne de faux airs de gourou. Guido fait son show.

– La solution qu'on a choisie est idéale pour un format court. De l'immersif, de l'incisif. Avec nos techniques, on pourra le décliner super facilement. Je parle sous ton contrôle, Quentin, mais dans un an, c'est prêt.

Pour nous, c'est la meilleure manière de tirer parti de ton graphisme…

Plus Guido impose ses arguments, plus Blanche semble décrocher. Ce DA prétentieux veut lui imposer sa vision et veut carrément automatiser le processus. Célia sent Blanche tendue. Mais Guido parle, parle. Que faire ? Célia a des envies de le mettre sur *mute*.

On frappe à la porte. Quentin ouvre. Un gars passe sa tête, un peu pressant : « Bonjour Célia ! Patrick a une visio d'urgence avec les investisseurs américains à 10 h 30. Il nous faut la salle maintenant. Vraiment désolé… » Ce gars, c'est Fabrice, l'assistant du CEO de la maison de production qui héberge le Studio dans l'immeuble. Célia a pourtant réservé, mais si le CEO veut la salle, on obtempère sans broncher. « Bien sûr Fabrice, répond Célia. On va aller dans l'autre salle. » Quentin ramasse les croissants, Célia s'excuse auprès de Blanche dans le couloir. Le moment est malaisant, déjà que Blanche n'avait pas l'air réjouie… Et puis ça ne fait pas pro et ça donne l'impression que ce projet n'est pas prioritaire. Bref, ça craint !

Mais Célia compte bien faire de ce déménagement inopiné une opportunité. Elle va faire entrer en scène Beth et prévenir Guido de lâcher du lest sur la propale. Pendant qu'elle emmène l'équipe et Blanche dans une autre salle de réunion, elle rédige un message à Guido :

Célia

Blanche pas chaude sur maquettes. En + Beth lui a montré le projet Lylia avant réunion. Elle a adoré. Je vais axer là-dessus.

Tout le monde a migré vers la nouvelle salle, qui, elle, ne comporte aucun dispositif média. Pour que Guido puisse revenir, chacun doit se connecter. Ils se retrouvent donc tête baissée, derrière leurs PC. Sauf Blanche, venue sans équipement, qui se rapproche de Célia. Guido, lui, est comme rétrogradé dans cette nouvelle configuration. Il ne reprend pas la parole, occupé à digérer le message de Célia.

Célia reprend la main.

– Bon, on va la jouer franc jeu. J'ai l'impression que tu n'es pas trop en phase avec les pistes proposées, Blanche.

– Heu… je ne déteste pas, mais je ne reconnais pas mon trait. Je suis plus dans le genre de rendu qu'a fait Beth sur sa petite ado. En fait, ça m'a fait penser à un trait dans mes dessins. Je vais vous montrer.

Elle sort un album de sa besace et parcourt les pages.

– Voilà. Page 18. Regarde Beth.

– Ah oui, je vois. Oui effectivement. Je vois ce que tu as aimé dans ma Lylia. Mais attends, on peut peut-être récupérer cet effet dans les maquettes. Regarde. Tu peux me donner ta version imprimée, Célia ?

Beth commence à griffonner à main levée sur la maquette de Guido. Quentin et Célia sont fascinés. Célia prend une photo de la scène. Ça pourra servir pour Instagram. Elle voit alors que Guido lui a laissé un message.

Guido
Tu m'expliques ce qu'il se passe, là ?

Blanche prend le croquis de Beth et ajoute sa petite héroïne en trois coups de crayon qui s'insèrent parfaitement. Célia a le cœur qui bat, elle assiste à une collaboration en *live*. Inespéré.

Guido envoie un nouveau message.

Guido
Hou hou ! Célia ?

Célia zoome et prend une photo des croquis de Beth et Blanche qu'elle envoie par texto à Guido.

Guido
OK je vois, très bien mais ça ne marche pas du tout en mode sérigraphie ça. Demande à Quentin [le directeur technique, ndla], il t'expliquera. Elle est douée Beth, mais elle ne connaît pas encore bien notre métier. Elle vient d'arriver. On va la former. On peut adapter le style de Blanche, mais pas avec ce traité. C'est hyper déceptif ce que vous êtes en train de faire.

Célia ne voit pas la réponse, elle veut rester dans l'ambiance avec Beth et Blanche. Il envoie alors un sms à Quentin.

Guido
Dis à Célia de lire mon message.

Quentin transmet. Célia lit et blêmit. Elle comprend qu'elle a fait une boulette. En fait, Guido lui explique que, pour des raisons évidentes, on ne pourra jamais faire ce qu'a fait Beth pour Blanche, à moins d'y passer un an. Et ils ont six mois. Bref, la petite Lylia, c'est joli comme de l'artisanat, mais irréalisable.

Pendant que Beth et Blanche continuent de griffonner des merveilles, Célia glisse à Quentin en aparté :

– Pourquoi tu ne m'as rien dit sur les problèmes d'adaptation ?

– Bah, oui, ça m'a un peu surpris, mais je pensais que c'était prévu.

– Bah non. J'ai improvisé. Et là, on va devoir faire marche arrière. C'est chaud.

Célia envoie un message à Guido.

Célia
OK compris. Je vais te redonner la main.

Célia prend son inspiration.

– Les amis, c'est super bien tout ce que vous faites. Je vais redonner la parole à Guido, car n'oublions pas que le but de cette réunion est de valider une piste visuelle. Il faut voir ce qui est réalisable entre les maquettes proposées et ce que Beth a esquissé au pied levé. Guido, je te laisse la parole.

Beth et Blanche posent leurs crayons. Guido se lance. Mais en mode Teams sur petits écrans, il a perdu de sa superbe. Même sa voix semble encastrée.

– Waouh, beau boulot Blanche, Beth, bravo ! Blanche, je comprends parfaitement ton inclination pour ce traité. En effet, ça te correspond. Notre idée avec la propale qu'on t'a soumise était justement de te présenter une base dénudée, sans fard, qui te permette de voir l'écart entre le dessin et l'animation. Mais bien sûr, l'idée est d'enrichir le trait à partir de tes indications, pour coller à l'esprit de la BD. Ce croquis nous donne des pistes, c'est top. Par contre, en l'état, il pose des… comment dire… des soucis. Il va falloir adapter pour que ce soit techniquement réalisable avec nos contraintes. Quentin, je te laisse expliquer.

Merci pour la patate chaude, se dit Quentin, qui commence à expliquer à Blanche les difficultés techniques d'une transcription en série d'un traité aussi fin. Mais il part à la faute.

– C'est super vos croquis. Mais pour tout dire, ça va nécessiter des coups de peinture…

– Heu pardon, mais ça va se passer comment ces « coups de peinture » ? demande Blanche sur le qui-vive.

Guido reprend la main. Leur duo, d'habitude bien huilé, a des ratés au pire moment.

– Quand Quentin parle de coups de peinture, il ne parle pas de modification de l'univers graphique. Toute notre technologie sera au service de ta griffe. On connaît ta formation, Blanche, tu n'es pas sans connaître un peu nos contraintes. Un trait de dessin, c'est dur à adapter à l'écran. Ce qui fonctionne sur le papier ne passe pas nécessairement à l'écran. Notre force, c'est de savoir rationaliser le graphisme d'un auteur sans le trahir. C'est un process collégial. Rien ne sera fait sans ton aval. Tu verras, ça va être chouette.

Blanche a l'impression de voir la tête de Guido se métamorphoser en Kaa, le python du *Livre de la jungle* qui veut hypnotiser Mowgli pour l'étrangler. Elle n'a plus du tout envie de l'écouter.

Une fois sortie, elle appelle son agent pour voir s'il est encore possible de faire machine arrière avec le studio.

En présentiel, cette réunion aurait pu donner de beaux fruits. Elle fut pourrie par son hybridité. Guido a eu du mal à se taire puis à se faire entendre. Il a fallu changer de salle, gérer les malentendus, sauver l'ambiance, préserver les temps de parole et les susceptibilités…

Les réunions hybrides privent les présentiels du naturel d'une conversation du tac au tac, et frustrent les distanciels de l'atmosphère palpable et de beaux moments informels. Même les grands experts en réunion recommandent de les éviter. Malgré leurs avis, leurs fruits pourris se multiplient.

T'es tout seul ?!

La transmission se passe sur place, en lieu ouvert où s'opèrent les passages de témoin. Chez Kiacadi, une enseigne lilloise de prêt-à-porter, on l'a bien compris puisqu'on impose aux alternants de venir sur site pour apprendre de leur équipe. Mais celle-ci n'est pas toujours au rendez-vous. Pourtant le slogan de Kiacadi, c'est : « Si bien ensemble. »

Léo est alternant chez Kiacadi, à Lille. Tous les matins, une semaine sur deux, il enfile une chemise, un jean propre et une veste. Ça le change du combo teeshirt-hoodie des jours de cours. Il se rase aussi, ce qu'il ne fait pas toujours quand il va à l'école. Il met ses armes dans son sac à dos : un ordi Dell et un casque Jabra fournis par la DSI*. Se préparer à aller au bureau est déjà une mise en condition. Il part au front.

Dans la rame de métro, il fait partie des travailleurs aux heures de pointe. Comme ce gars qui *swipe* ses

* Direction des Systèmes d'information (informatique).

emails sur un strapontin, ou bien cette femme en tailleur qui parfait son maquillage et porte des baskets qu'elle troquera contre des talons à l'approche du bureau.

Arrivé à sa destination, il reste à Léo dix minutes de marche. À mesure qu'il progresse vers le « Hub » de Kiacadi, les tenues se font plus sérieuses, strictes. Il reconnaît certains collaborateurs. La tension monte.

Sur place, Léo salue les agents de sécurité, bipe sa carte sur le portique et pousse le bouton 3 de l'ascenseur pour rejoindre le plateau de l'équipe CRM*, composée de : Constance (sa tutrice), Sophie, Laurent et Richard (le n+2 du régiment). Seul dans l'ascenseur, Léo détend ses épaules, se racle la gorge, il se sent opérationnel.

Mais la bataille n'aura pas lieu : ses maréchaux ont déserté. En tout cas, leurs bureaux sont vides. Léo regarde son smartphone : 9 h 10… Il pose son sac à dos et descend à la cafétéria. Avant de monter au front, ils ont coutume de prendre un café. Ils n'y sont pas.

En revanche, une femme a repéré son désarroi.

– Tu cherches quelque chose ?

– Heu, bonjour, en fait, c'est que…

Léo reconnaît Candice, la CDO** de Kiacadi à la réputation de dragon. Léo a déjà vu Constance, sa tutrice, trembler alors qu'elle lui parlait.

---

* Customer Relationship Management – département chargé de la relation client.

** Chief Digital Officer : directrice du département digital.

– Je t'écoute ? dit Candice.

– En fait, je cherche mon équipe.

– Comment ça ? T'es tout seul ?! Ce n'est pas normal. J'appelle Constance. Ne bouge pas.

– Allô ! T'es pas avec Léo aujourd'hui ?

Candice s'est mis en haut-parleur.

– Heu, bah non. Mardi, je suis en TT, Sophie aussi, répond Constance. Mais Richard et Laurent sont là… Ah mais non, ils ont dû se mettre en télétravail à cause du barbecue corporate de vendredi.

– Ah mais là, non ! En tant que tutrice de Léo, ton rôle c'est de t'assurer que quelqu'un soit toujours présent avec lui. Si on interdit aux alternants de télétravailler, ce n'est pas pour les abandonner dans la nature…

Smartphone devant le visage, Candice entre dans l'ascenseur. Léo sent qu'il doit la suivre.

– Un alternant, c'est pas un employé comme les autres. Il travaille pour nous. En échange, il doit apprendre de nous.

Léo est ravi de ce qu'il entend… Tant d'amis de son école galèrent dans leur alternance à effectuer le travail d'un salarié absent, à bosser le soir et entre les heures de cours, à se retrouver seul le premier jour parce qu'on avait oublié leur arrivée…

Léo n'a pas subi ça, mais aujourd'hui, personne n'est là pour le chapeauter, il aurait pu rester chez lui à avancer son mémoire de fin d'études. Il n'aurait pas rencontré Candice, qui l'impressionne toujours, même si c'est désormais dans un sens plus positif. Elle lit une notif' Teams sur son iPhone qui semble la tendre et passe un appel.

– Kathleen ? Tu m'entends ? On a un sujet, là ! C'est pas défini en termes de *roadmap* ?... OK, mais qui se met dessus ?... Non, hyper simple, mais les agendas sont *full*... Je reviens vers toi...

Léo remarque que Candice garde une voix calme et maîtrisée alors qu'elle est exaspérée. Au moment où les portes de l'ascenseur s'ouvrent, la CDO sort et se tourne vers lui.

– Viens ! Je t'embarque sur un sujet. J'avertis ta tutrice. Il faut qu'on envoie à Kathleen un CSV vérifié. Il faudra passer par CRM Analytics. Fabien va te fournir l'extract.

Léo regarde Candice avec un air ahuri.

– Un fichier CSV ? Ouh, ouh ? C'est comme un Excel... Le CRM ?

Candice réalise que Léo n'a aucune idée de ce dont elle parle. Normal : il est encore en apprentissage. Dans l'équipe de Constance au CRM, il fait des copier-coller dans le CDP* et autres travaux d'exé. Pour faire des extractions de données sur une appli métier de gestion de la relation client, il faut un minimum de transmission. Mais le temps manque.

– OK, on change de stratégie, j'ai un GTM dans dix minutes avec la Slovaquie.

Léo est soulagé. Même s'il ne sait pas ce qu'est un GTM.

---

* CDP : Customer Data Platform : outil de gestion des campagnes de newsletter.

– Tu vas venir avec moi et tu me feras un rapport d'étonnement.

Léo a un coup de chaud. Il n'a jamais participé à une visio avec l'équipe de Constance et n'a jamais fait de « rapport d'étonnement », rien que le nom l'étonne.

Cinq minutes plus tard, Léo est à côté de Candice dans une petite salle équipée pour la visio. Ting. Ting... Quatre visages de trentenaires de Kiacadi Slovaquie installés dans un petit bureau à Bratislava apparaissent derrière un même écran dans la même salle. Léo n'a aucune idée de ce qui va se passer.

– *Hi everybody*, dit Candice. *First, let me introduce you to Léo. He is a trainee for us in Kiacadi. I wanted him to assist to the preparation of this operation to help him understand the coulisses of a GTM**.

– *Hi Candice ! Hi Léo !* répondent les quatre en chœur.

Léo répond un « hi » timide. La réunion se passe donc en anglais. Léo le comprend, mais sur le fond il est largué.

– Il faut qu'on sécurise le *Go-To-Market*. Pour ça...

Et là, la foudre frappe Léo. GTM signifie donc *Go-To-Market* ! Ce *call* sert donc à préparer l'ouverture d'un site e-commerce en Slovaquie. Passionnant !

– On reprend les agendas ?

* « Bonjour tout le monde. Tout d'abord, laissez-moi vous présenter Léo. Il est en apprentissage chez nous, à Kiacadi. Je voulais qu'il assiste à la préparation de cette opération pour qu'il comprenne les coulisses d'un GTM. » La suite de la réunion est rapportée directement en français.

Léo remarque que Candice navigue sur un deuxième écran en même temps qu'elle parle. Elle passe son temps à scruter un grand fichier Excel plein de chiffres et prend en plus des notes sur un vieux cahier à spirale. Il note par ailleurs son anglais approximatif, mais elle se fait comprendre.

– En termes de frictions opérationnelles, on est assez bien. On a une trajectoire pour parvenir au seuil de rentabilité sur Q4.

Léo est largué mais perçoit un talent de Candice auquel il ne s'attendait pas. Elle assure la maîtrise du temps, mais sans forcer. Elle laisse ses interlocuteurs s'exprimer. Elle ne contredit pas, elle objecte. « Je note ton point sur la feuille de route, mais tu ne penses pas que… ? » Elle distribue les consignes sans braquer. « Les agendas sont coordonnés, mais on a une problématique de budget à régler. » Elle utilise la troisième personne pour que ses interlocuteurs puissent s'approprier ses consignes. C'est malin. Ses formules anodines, bien distillées, ne laissent pas de porte de sortie : « Donc tel qu'il est prévu… », « Donc normalement à la fin du mois… », « Et même si ce n'est pas le cas, on s'en tient au même plan d'action… ». Une main de fer dans des mots de velours…

Ces façons de faire, coutumières dans le management, sont nouvelles pour Léo, qui assiste à son premier cours de management participatif en *live*. À la fin de la réunion, Candice a clairement mis Bratislava au pas. La chef de projet côté slovaque prend même la main sur le suivi du projet.

– Tu cales le prochain point ou tu veux que je le fasse ? demande-t-elle.

Candice fait semblant d'hésiter.

– Je veux bien que vous vous en chargiez.

– Donc Caroline, Issac, Michal et moi… ?

– Je veux bien quelqu'un de la data aussi. Merci à tous.

Candice clique sur « Quitter. » Elle a l'air satisfaite.

– Alors, t'en as pensé quoi ? lui demande-t-elle.

– Heu, bah, j'ai l'impression que l'ouverture du magasin en Slovaquie se profile bien. Que c'est clair, que les actions à mener sont mises en place.

– Tant mieux si c'est clair pour toi. J'attends ton rapport d'étonnement la semaine prochaine. J'ai remarqué que t'avais pris aucune note. J'espère que t'as une bonne mémoire. Je pars à la *people review**, et là, je peux pas t'emmener. C'est confidentiel. Ta tutrice prend le relais.

Léo s'est fait secouer et se trouve à nouveau le bec dans l'eau, sans tuteur présentiel. Il retourne à son bureau. Effectivement, Constance lui a laissé une to-do liste sur Teams. Il installe son quartier général : un clavier connecté à son ordi portable, lui-même relié à un grand écran sur lequel il affiche une présentation PowerPoint. Sur l'écran de son PC, séparé, il lance Youtube. Comme

* Revue du personnel, série d'entretiens individuels pour détecter les collaborateurs à haut potentiel.

la plupart des juniors, sa place est exposée aux regards des passants de l'*open space*, faut la jouer finaud.

C'est parti pour une longue séance sur le « plan d'animations commerciales de Noël ». Léo doit fournir à Constance quelques *slides* sur les pulls de Noël pour le contenu prévu dans les newsletters de décembre : « Toujours plus pour les familles. » Tranquillement, il aligne les captures d'écran et les fiches des pulls de Noël : *Christmas Vibes*, « chien », « avec pompon », « chat »... en mode automate. Au moins avec ses vidéos, il peut se distraire un peu. Mais il a terminé avant midi. Et il a faim. Warren, un autre alternant, est à l'étage au-dessus. Il le whatsappe.

Léo Degrout
Franprix ?

Warren Tétierre
Yes

Warren et Léo se prennent des sandwichs triangle au Franprix en face qu'ils avalent sur un banc près de la grande entrée. Une fois fini, Warren a sorti sa vapoteuse, Léo checke son Teams. Constance est toujours en réunion, son voyant est rouge. Mais elle lui a envoyé un gros pouce levé pour les *slides*. Sympa. Elle lui a aussi donné une autre consigne sur la veille concurrentielle.

– Tu sais ce que c'est, toi, un rapport d'étonnement ?

Léo lui raconte sa visio impromptue avec la CDO.

– Noooon, t'as eu une visio avec Candice, dit Warren en recrachant sa vapeur. T'as intérêt à le peaufiner ton rapport. Tu me diras, mon tuteur m'en a demandé un, et j'ai pas commencé.

– Je suis dans la merde. J'ai pris aucune note, et ça, elle l'a bien noté.

– Pas grave ça, ce qui compte c'est ta vision des choses. Ce qui va intéresser Candice, c'est ton œil extérieur.

– Bon faut que j'y aille, la boss m'appelle, dit Léo, je vais pas en plus me faire choper par Constance. Et puis, ça pue trop ton truc.

– Framboise bleue glacée ! Je kiffe.

Léo rejoint son plateau, désespérément vide. C'est la première fois qu'il affronte une journée en solo comme ça. Constance l'a chargé d'actualiser le *benchmark** des produits de Noël. Il décide d'analyser les requêtes, c'est-à-dire de trouver les chaînes de mots-clés qu'utilisent les internautes. Il s'est formé seul là-dessus. Depuis, tous les travaux de ce type passent par lui. C'est un travail précis, précieux, mais laborieux. Léo met ses Earpods noirs dans ses oreilles avec un petit fond électro et remplit une par une les lignes de son Google Sheet. « Pull noël », « cadeaux ». Au bout d'une heure, ses yeux se font lourds.

* Analyse de la concurrence.

Il enregistre son fichier, juste au cas où, et lance une petite vidéo récréative. Il s'endort sur place sans bouger.

Vingt minutes plus tard, il se réveille pâteux. Son plateau est toujours vide, mais l'open space est plus rempli que ce matin. Personne ne semble l'avoir vu roupiller. Il relance sa vidéo sur son petit écran et reprend son référencement. Il tient encore une heure, mais à 16 heures, ting ! Message de Warren : *(Émoji muffin).* C'est l'heure des muffins. Tous les jours, les services de nettoyage ramassent les viennoiseries laissées en salles de réunion et les déposent dans une corbeille à l'accueil. Et là, c'est la course.

Léo fonce. Chloé, Eva, Warren, Timothée et Julien, la moitié des alternants de la com', sont déjà là. Mais la récolte est bonne : le grand panier est rempli de onze beaux muffins et six croissants. Léo récupère un muffin au Nutella et part avec la bande jouer au baby-foot à la cafét'. Ils rigolent entre eux comme s'ils étaient au BDE.

Puis Léo retourne en solo terminer son fichier *benchmark* pull de Noël. À 17 heures, il l'envoie à Constance, qui est toujours en réunion, mais a pris le temps de lui envoyer un nouveau pouce levé. C'est le signal pour rentrer. Il fera son rapport d'étonnement plus tard…

Pour les apprenants, le présentiel est essentiel. Il permet de voir et d'entendre son équipe travailler, de s'imprégner, de s'intégrer, de savoir quand se manifester sans déranger, de ne pas se laisser oublier. Aux côtés de

Candice, Léo a plus appris en une heure qu'en un mois. Beaucoup d'alternants se plaignent du non-accompagnement. À travailler seul, on s'en tient à ce qu'on sait faire. Ce n'est pas le deal de l'alternance.

Les freexes

18 000 m^2 chez BEDO, une grosse agence publicitaire logée dans un ancien entrepôt réhabilité, au Pré-Saint-Gervais. L'organisation est flex : pas de place attitrée. Ils appellent ça « bureau libre ». Ce ne sont pas que des mots, le placement est vraiment libre. Les employés ont le choix entre différents espaces de travail en fonction de leurs tâches, du moment de la journée, de leurs envies ou de l'organisation propre à l'équipe. Des tables, des cubes, des coins calmes, un *work*café, une mini-*kitchen*, des *break points*… Des salles de réunion pour deux, dix ou vingt-cinq. Tout est au choix. Même les jours de télétravail. En théorie, ça favorise les rencontres, ça élargit l'esprit d'équipe et ça casse les routines. Dans les faits, on se croise, mais chacun trace sa route, et l'agence prend des airs de hall de gare.

9 heures. Louise débarque à l'agence sac Rolltop sur le dos, un peu pressée, un peu stressée. Cette directrice artistique de 29 ans travaille pour BEDO depuis un an en freelance. À l'agence, elle fait partie des *freexes*

(freelance fixes), qualification que l'on donne aux autoentrepreneurs affectés à des marques et des équipes, sans CDI, mais qui font bel et bien partie de l'effectif.

Ça sent l'embauche déguisée, mais Louise est ravie d'être *freexe*. Un CDI ? Peut-être un jour, quand elle aura besoin d'un emprunt… mais pour le moment, elle tient à sa liberté. Elle se sent indépendante, nomade. Elle travaille de chez elle, parfois de chez ses parents en Ardèche, la plupart du temps en *coworking* dans un local associatif, en compagnie d'autres travailleurs indépendants, près de Bastille à Paris. Louise a sa place attitrée, à côté des mêmes *coworkers*, dont certains sont devenus des amis. Pour elle, le salariat, le bureau… ce sont des contraintes.

Au début, Louise s'est beaucoup rendue chez BEDO, pour s'intégrer. Parfois trois fois par semaine. Jusqu'à ce qu'elle comprenne l'absence de règles établies. Chaque équipe a ses habitudes, chaque marque ses process. Depuis trois mois, Louise ne se déplace que si nécessaire. Comme aujourd'hui, elle a deux réunions en présentiel, Partare à 11 heures, Décaplomb à 17 heures.

Louise prend l'ascenseur, étage 3. Depuis deux mois, c'est là que se trouve le pôle créa. Comme dans tous les *flex offices*, l'agence a tout de même créé des zones. Mais chez BEDO, on aime casser les routines alors les « zoning » changent. Avant, l'effectif était dispatché selon les marques. Pendant sept mois, Louise était « logée » au 5e étage, zone Est, avec la team Décaplomb. Depuis quatre mois, les zones sont réparties par métier : pôle chefs de pubs, pôle créa, pôle digital, pôle événementiel… Louise a appris sa nouvelle « affectation » au hasard d'une conversation. Un coup de chance. N'étant pas salariée, elle ne reçoit pas les communications internes de l'agence. Et, ici, elle ne connaît pas grand-monde. Elle a l'impression de découvrir des têtes différentes à chaque fois.

Les codes de l'entreprise lui échappent. En fait, il n'y en a pas. Comme la géographie interne varie en continu, il est impossible de mettre en place des rituels. En arrivant, Louise se demande si elle doit lancer un « Bonjour » à la cantonade. Peut-être s'en tenir aux gens autour d'elle… Quelle est la frontière ? Louise ne prend pas les devants de peur de se prendre des vents. Elle branche la batterie électrique de son vélo, sort son ordi et sa tablette graphique et se met au travail.

10 h 55. Alerte réunion Partare.

Louise part rejoindre l'équipe projet Partare salle 5-142N. Elle franchit les couloirs B, C, E. E… ça correspond à quoi ? Elle rebrousse chemin, court au bout du couloir et arrive à la bourre. L'équipe est là.

– Désolée pour le retard, j'ai eu du mal à trouver.

– T'inquiète, personne ne comprend comment ça fonctionne, répond Franck, directeur de création, n+1 de Louise.

– Merci. Et donc, tu es Franck ?! Ravie de te rencontrer *en réel.*

(Beau gosse comme en visio, se dit Louise, mais petit… l'effet Tom Cruise…)

– De même, Louise.

Depuis quatre mois, Louise n'a échangé qu'à distance avec Franck. Par écrit, sur Slack, avec le chef de publicité comme chef d'orchestre. Et en visio, une fois. Franck et elle ont beau être depuis deux mois au même étage, ils ne se sont jamais croisés. L'agence est un archipel.

Franck se révèle sympa, drôle même. L'équipe rigole. Ça fait du bien. C'est un DA à l'ancienne, à l'époque où l'on ne commençait qu'en fin de réunion à parler des vrais sujets, en toute fin. On papote d'abord, on travaille ensuite.

Le problème, c'est que la salle est réservée. On toque à la porte. À 11 h 30 pile, une autre équipe est déjà là pour prendre possession des lieux. Entre le retard de Louise, les présentations et les plaisanteries, ils n'auront travaillé que dix minutes. « Ce nouveau système de réservation est une tuile. On rattrapera le retard plus tard. » Louise confirme et s'excuse de devoir filer, elle a « trop, trop de boulot sur Décaplomb ». Et Kheira vient d'arriver.

Kheira
T'es où ?!? 🙁

Louise
Je sors de la réu partare
On se retrouve à l'étage 3 comme la dernière fois

Kheira
OK

Kheira, c'est la binôme de Louise, elle est conceptrice-rédactrice et *freexe* elle aussi. En plus du dossier Partare, elles travaillent ensemble sur quasiment tous les budgets chez BEDO. Leur duo fonctionne en *full remote* : Kheira de son appart' à Saint-Brieuc, Louise de son petit *coworking*. Elles sont juniors, mais s'imposent comme un duo clé à l'agence. Kheira est venue pour la réu Décaplomb à 17 heures. Un nouveau DC* est arrivé sur le compte.

– Alors ce voyage ?

– Nickel, en première, bien focus, j'ai pu terminer les *teasers* pour Occislâne. J'me mets où ?

– Bah là. Attends, je vais me mettre à côté de toi.

Louise et Kheira s'installent sur un nouveau *bench*. Aussitôt, leur voisine les interpelle.

– C'est le spot de Joachim ici (un DA important, chargé de la créa de Nestlait).

– Heu OK. Donc « bureau libre », c'est qu'un slogan en fait. Viens, on va en terrasse, il fait beau.

Dans l'ascenseur vers la terrasse, Louise râle. Kheira relativise.

---

* Directeur de création. En agence de publicité, les créas sont hiérarchisées : il y a le directeur de création, en haut, les directeurs artistiques seniors et juniors, et les graphistes, en bas.

– C'est quoi leur problème, là ? Il y a de la place pour tout le monde…

– Tout le monde ne veut pas être comme tout le monde, tu sais.

En terrasse, il fait bon à l'ombre des plantes grimpantes, ordi sur les genoux, devant un potager bio. Kheira et Louise sont bien. Elles passent en revue les derniers jeux de créas Décaplomb.

– Donc sur la dernière maquette, dit Louise, la signature… Oh putain !

Elle se penche vers Kheira en chuchotant.

– Tu vois le frérot là-bas ?

– Oui. BG !

– C'est Sylvain ! Il était avec moi à l'ISCOM Lyon. On se tournait autour à l'époque, j'avais 19 ans. Bon illustrateur. Je ne savais pas qu'il était chez BEDO.

– Tu veux lui parler ?

– Non, non, on se recroisera.

– Ou pas… ça fait deux mois que vous vous ratez.

Kheira n'a pas tort. Sylvain est créa, donc au même étage que Louise, pourtant elle ne l'a jamais vu.

À midi, le binôme prend un sandwich à la cafét' et se cherche une table à chaises hautes, mais c'est bien trop agité. Alors elles décident de s'installer tout près du lieu de rendez-vous de 17 heures : à la « chenille* » du

* Surnom local des bulles supposées isoler phoniquement grâce à leurs épais rideaux.

3e étage. Deux mètres carrés, trois sièges, isolés au bout de l'*open space*. Il paraît qu'à l'extérieur on n'entend pas ce qu'on se dit, mais est-ce si sûr ? Et puis, n'importe qui peut ouvrir le rideau, qui d'ailleurs ne ferme pas complètement. Louise préfère donc en général éviter ces chenilles. Mais pour l'heure, ça leur permet de bosser ensemble et d'échanger leurs idées pour la nouvelle campagne.

Jusqu'à ce que Louise reçoive une notif' Slack de Johannes, le chef de pub qui pilote la campagne de soutien à la culture commandée par une association. Kheira et Louise en ont conçu et dessiné les affiches. Johannes veut les débriefer sur le retour client de ces affiches.

Johannes
Hello ! Dispo pour un petit call ? Good news. Ils ont quasi tout validé ! Juste qq modifs.

– Ouais, « validé », je crains le pire. OK, appelle-le, dit Kheira.

Elles sont au troisième. Lui est à l'avant-dernier étage. Ils démarrent une visio alors qu'ils sont à quelques mètres. Mais les bureaux sont si grands, les salles si compliquées à trouver, qu'ils n'y pensent même pas. La visio est devenue un réflexe.

– Les accroches sont toutes validées. Bravo. Juste quelques ajustements graphiques. … (Louise adresse un sourire moqueur à Kheira, si pessimiste sur ses propositions de texte…) Sur la jaune, ils sont trop petits.

– OK, bien vu, mais comme là, il en faut trois, faut les laisser petits, sinon on va perdre l'harmonie visuelle.

– Ça me va. Et sinon on doit mettre le logo en valeur.

– Si tu veux, mais, attention, faut que le haut du *bridge* reste aligné.

Ça parle de détails. Louise enlève le mode haut-parleur et met son casque, comme ça, Kheira peut faire autre chose.

–Voilà, dit Louise… Si ça te va. Oui aussi… OK… en plus gros ?… À l'impression, ça passera si je le vectorise… Il me faut aussi leur police…

Kheira s'impatiente car il faut avancer Décaplomb ensemble. Louise fait signe que c'est quasi terminé.

– Non, c'est *has been* un QR code. Cette affiche va créer un attrait. Faut pas mettre de message en plus… OK… Je te fais une version avec trois logos mis en valeur. Je te l'ai sortie en écrit celle-là, je trouve que ça marche bien, ça va être chouette pour le lancement. Du coup, je t'envoie une version d'ici demain… je sais pas… ça capte bien là. T'es où là ?… Ah OK, on décline la semaine prochaine. Salut.

Auraient-ils été plus efficaces de visu ? Peut-être.

17 heures, Kheira et Louise attendent le directeur de création dans la chenille en face de la salle de réunion. Mais à 17 h 10, il n'est toujours pas là. Louise appelle

son assistante : « Il est où ? » « Je sais pas, on le contacte, il répond pas. » Louise raccroche : « Manque de respect total, je ne supporte pas les gens qui considèrent que leur temps est plus important que le tien. » 17 h 15, par l'embrasure de la chenille, Kheira et Louise voit passer le directeur de création, d'un pas hyper pressé, sans s'arrêter.

– C'est lui, non ? Il est passé devant la salle sans broncher.

– Oui ! *(Louise lui montre son profil LinkedIn.)* Mais c'est abusé, il va où comme ça ?

Kheira part à sa poursuite. Elle traverse tout l'étage et le trouve en train de se faire un café.

– Heu, t'es au courant qu'on t'attend ?

– J'étais dans les bouchons, je viens de chez Boréal pour un brief sur le parfum Pétrole.

C'est supposé l'impressionner ? Raté. Kheira emmène le directeur de création à sa suite. Louise l'accueille d'un regard froid. La réunion ne dure qu'un quart d'heure. Il les a à peine écoutées, les interrompant sans cesse, puis est parti « pour un autre brief ». L'ambiance sur Décaplomb n'est pas du tout la même que sur Partare.

Kheira doit prendre son train. Tout ça pour ça… Louise la salue, retourne dans son coin à l'étage et commence à corriger les affiches de la campagne culturelle. Mais elle remarque de l'agitation sur le *bench* d'à côté, autour d'une blonde. On se succède pour la saluer, comme si sa présence était un événement exceptionnel. « Salut Violaine, ça fait plaisir de te voir. » Tout le monde semble la connaître, sauf Louise, qui fréquente pourtant l'étage depuis plusieurs mois. Cette présence qui leur est familière donne à Louise le sentiment d'être une étrangère…

Louise décide de changer d'endroit, d'air. Bureau libre, on va voir. Et se prend à visiter tout l'étage, pour voir un peu comment tout ça se présente. Et éventuellement retrouver le beau gosse de son ancienne école. Elle ne trouve pas Sylvain mais fait une découverte insolite en salle de découpe. Des canettes Coca zéro, des paquets de cookies, des gourdes et des ordis entre les machines. Une dizaine de jeunes a colonisé la salle. « Mais vous êtes qui ? » demande Louise. « On est alternants. C'est notre QG, les jours présentiels », répond l'un d'entre eux. Ils sont mal installés, c'est mal éclairé, mais au moins, ils sont ensemble.

Les « bureaux libres » offrent tant de possibilités qu'ils fissurent l'esprit de communauté. Les *open spaces* deviennent des lieux neutres : on considère par défaut que les collègues ne sont pas là. De toute façon, ce serait trop long de les retrouver. Résultat, on ne se voit plus, on se visionne. Dans ce contexte, les *freexes*, comme Louise et Kheira, ne s'intègrent jamais.

Task force cachée

À l'ère des réunions en visio, les off, les apartés, les manigances se déroulent sur un autre terrain. Plus invisibles que jamais, les intrigues et feintes se passent parfois en *live*, sous notre nez. Visage impassible face caméra, les doigts courent sur le clavier. On active en toute discrétion un vaste réseau d'appuis extérieurs. Et même en présentiel, les PC portables sont désormais de mise. Derrière les écrans, le champ des manœuvres possibles est ouvert.

Mardi. 9 h 30. Alicia jette un coup œil à son agenda du jour.

15 heures : « Point perf' ».

C'est le grand jour. Alicia est responsable e-commerce chez Narouto, « leader de l'entretien et de l'équipement automobile », depuis six mois. C'est sa première réunion « perf' ». Jusqu'ici, Mehdi, son n+1, y représentait seul les équipes digitales, mais il veut la faire « monter en responsabilité ». Il l'a donc conviée à l'accompagner.

La matinée passe, la pression monte un peu. Puis l'heure approche. Alicia clique sur l'événement dans l'agenda mais ne trouve pas le lien Teams. En revanche, elle voit que cinq personnes, côté achats, ont confirmé leur présence. Ils viennent en nombre. En interne, on sait que les équipes des achats ne sont pas tendres avec le web qu'ils perçoivent au pire comme une concurrence, au mieux comme un simple relais de leurs opérations commerciales. Alicia confie son inquiétude à Mehdi avec qui elle fonctionne en duo connecté.

Alicia

OMG* y aura tout le gratin des achats à la perf !
Ils seront 5.

Mehdi

Classique, ils viennent en force.
Mais tkt c'est surtt moi qui vais parler.

Alicia

Ok. Sinon, je n'ai pas trouvé le lien Teams.

Mehdi

Normal les perfs c'est tjrs en présentiel !

---

* OMG : abréviation de l'anglais *Oh My God*. Exclamation de surprise d'usage en langage SMS.

Une obsession de Patrick. C'est le genre « rien de mieux que se dire les choses dans les yeux »…

Ok mais ça change tout, ça ! Il est bien urbain Mehdi, mais il la prévient au dernier moment. En visio, Alicia peut solliciter ses experts techniques à distance, même quand ils ne sont pas invités à la réunion. Elle les appelle ses *fact checkers**. Elle communique avec eux en *off* via le tchat de Teams, ce qui lui permet de contrer les affirmations hasardeuses et les contrevérités des parties adverses. Pour la réunion perf', Alicia a mobilisé un expert en SEO (référencement sur Google), une personne du merchandising (affichage des offres) et un développeur. Ça va être coton de les solliciter en présentiel. Mais c'est faisable.

14 h 50. Alicia arrive à la salle 124 en avance pour choper la position stratégique à la table de huit places : celle proche de l'écran géant. Ainsi, personne ne peut se mettre à sa gauche, et elle réserve la droite pour Mehdi. 14 h 55. Son n+1 arrive et s'assoit à côté d'elle. Personne d'autre ne pourra voir son écran, c'est parfait.

14 h 59. Gaëlle, la responsable des achats, et ses sbires débarquent souriants et détendus. Gaëlle s'installe en face de Mehdi, encadrée de ses renforts.

15 h 05. Tout le monde est assis quand Patrick arrive.

* *Fact chechers* : vérificateurs des faits.

Le directeur des ventes s'installe dans le fauteuil de président de la réunion, en face de l'écran.

On est en présentiel, on pourrait débuter de manière informelle, même tenter quelques plaisanteries. Mais, les chiffres ne sont pas bons ce mois-ci, alors on fait profil bas. Chacun ouvre son PC en silence. Patrick entame un petit préambule sur la mauvaise conjoncture. Les achats ne mouftent pas. Alicia sent que quelque chose se trame.

– Qui peut m'expliquer ces chiffres ? demande Patrick. Pas moi. Ça vient de nous ou c'est sectoriel ?

Gaëlle prend la parole.

– Effectivement, malgré un bon démarrage, on a chuté en troisième semaine. Il y a tout un faisceau de facteurs à prendre en compte. Je parle sous ton contrôle Nicolas, mais ça s'explique. On a préparé quelques *slides* pour illustrer.

Gaëlle *plugge* son ordi au rétroprojecteur, lance sa présentation PowerPoint sur le grand écran et présente les premiers tableaux de données. Patrick grommelle :

– On ne voit rien là ! Désolé, c'est trop petit, je n'arrive pas à lire tes tableaux. Tu nous partages le doc ?

Gaëlle clique sur « Partager » dans Teams où elle a déposé le PowerPoint. L'appli collaborative offre différentes possibilités. On peut partager son écran, mais cette option projettera alors aussi tout ce qui se trouve sur son *desktop**. Pas question. Gaëlle ne veut surtout pas dévoiler son petit argumentaire à gauche de son PowerPoint. On peut aussi partager directement un document. Gaëlle choisit cette seconde option.

Bingo ! se dit Alicia. L'erreur stratégique de débutante. Les participants de la réunion ne voient peut-être pas l'écran de Gaëlle, mais, en choisissant ce mode partage, elle leur donne accès à l'ensemble du doc.

Alicia ne se prive pas. En faisant semblant de prendre des notes, elle déroule les *slides* à venir et découvre que les achats ont prévu de larguer une bombe slide 10 ! Alicia remet sa mèche derrière son oreille et s'agite sur son siège. Mehdi lui envoie une pique par tchat.

Mehdi
Travaille ta poker face.

Alicia
Dsl mais mate la slide 10.

Mehdi
OMG !
Ils réécrivent l'histoire.

---

* *Desktop* : environnement de travail sur un ordinateur (fenêtres ouvertes, icônes sur le bureau, organisation des documents…).

Alicia
Oui.
Je fais le point avec l'équipe.
Gagne du temps que je rassemble la riposte.

Mehdi
OK

La slide 10 est un coup de poignard pour le web. Les achats tentent de leur imputer l'échec de l'opé' Black Friday en prétendant qu'elle n'a pas été relayée. C'est faux. Alicia prépare sa contre-attaque avec ses experts techniques en communiquant avec eux sur le groupe de discussion établi en amont.

Pendant ce temps, Gaëlle déroule. Mehdi tente de la ralentir, mais Patrick est impatient.

– On a déjà parlé de ça. On enchaîne, on enchaîne.

Alicia multiplie les requêtes auprès de sa *task force*. Elle sollicite son expert en référencement et le merchandising qui lui envoient les infos au fil de l'eau. Gaëlle commence à exposer les éléments à charge contre le digital, Mehdi et Alicia ne bronchent pas.

– Le Black Friday n'a pas fonctionné essentiellement parce que le web ne l'a pas mis en avant.

Nos concurrents, eux, ne s'en sont pas privés, comme on peut le voir sur le *benchmark**.

Gaëlle masque à peine un sourire en exhibant la slide 10. Patrick se tourne alors vers Mehdi, qui réagit.

– Notre campagne de com' était alignée sur la concurrence. N'est-ce pas, Alicia ?

– Effectivement. Je dépose des captures d'écran sur le tchat qui prouvent que l'opération a bien été relayée pendant deux jours.

Gaëlle est prise de court et s'interroge : comment ils ont fait pour anticiper ? Comment étaient-ils prêts à répondre ? Mais, elle ne se laisse pas démonter.

– OK, mais pourquoi seulement deux jours ?

– Simplement à cause d'un manque de réponse, c'était inutile de poursuivre, répond Mehdi. Alicia va vous expliquer.

– L'analyse des retours a montré un manque d'appétence sur les mots-clés des produits concernés. Le déstockage du Black Friday n'a pas d'élasticité sur le web.

– Ouais enfin, c'est bizarre, dit Gaëlle, on a toujours fait comme ça…

– Justement, coupe Alicia, faudrait peut-être vous

* *Benchmark* : étude de la concurrence.

poser des questions. D'après l'enquête que j'ai menée, le déstockage Black Friday en magasin n'a pas mieux fonctionné. Je vous fais suivre les chiffres afférents. Pour le dire vite : ils sont mauvais. « On a toujours fait comme ça » ne veut pas dire qu'il ne faut rien changer.

Malaise. Mehdi est pris au dépourvu. Faire perdre la face à Gaëlle devant son équipe et le directeur des ventes est une erreur stratégique.

Mehdi
Tu y es allée un peu fort, pas nécessaire.

Alicia
Dsl, elle l'a cherché.
« On a toujours fait comme ça. » Je supporte pas.

Mehdi
Faut que t'apprennes à mettre de l'huile.
On en reparle.

En face-à-face, Alicia maîtrise mal ses émotions, manque de repartie, elle se montre impatiente et maladroite. Elle ne possède pas l'expérience et l'assurance des vieux briscards rodés aux joutes en présentiel.

Sa force réside dans sa capacité à organiser le *off* en *live*. Elle se montre agile, réactive. Contrairement à Gaëlle et son équipe qui débarquent avec un plan établi et des arguments affûtés, Alicia improvise, s'adapte. En quelques clics, elle mobilise ses ressources et pare les coups en douce. Elle incarne un nouveau profil, adapté au travail à l'ère de la visio, efficace, maîtrisant les outils collaboratifs. Si efficace, qu'elle en oublie de ménager les susceptibilités…

Recrutement en ligne

Julia est une jeune illustratrice indépendante : elle gagne sa vie en dessinant des fleurs digitales aux pistils ondulants, des poulets frits aux couleurs vives et des musiciens de jazz en vectoriel. Ses illustrations sont vibrantes de poésie, mais son compte en banque oscille entre 200 et 2 000 euros. Chaque mois, elle a peur de perdre sa place en coloc' et celle en coworking à Paris. Il lui faut absolument un contrat stable avec un gros client. Et ce matin, elle l'a peut-être trouvé dans une annonce !

> Canneva cherche des illustrateurs free-lance en France...

Canneva ? C'est LE logiciel de conception graphique en vogue. Simple d'utilisation, il permet d'illustrer ses présentations grâce à une immense galerie de modèles graphiques. Des millions d'utilisateurs dans le monde le préfèrent à PowerPoint de Microsoft. Ils ont sûrement un max de budget. Elle répond à l'annonce.

Un email d'Amy, la *talent acquisition* de Canneva lui explique la démarche :

Hey Julia,

How's your day been ?

First and foremost, thank you for your interest in Canneva ! We're on an incredible journey and we're thrilled that you're interested in being a part of it.

The first step to joining Canneva is a short introductory chat about your experience, projects you've worked on, what you're ideally looking for and tell you where we think you'd fit into the Canneva Story.

Please feel free to pick a time that's convenient for a Zoom call by clicking here.

When you get a chance, would you be able to fill in this form so we can get an understanding of the hardware you have for security purposes should you be successful in the role ?

I look forward to speaking with you.

Cheers,

Amy

Talent Acquisition @ Canneva*

---

* « Salut Julia, Comment s'est passée ta journée ? Tout d'abord, merci de l'intérêt que tu portes à Canneva ! Nous sommes en train de vivre un voyage incroyable en ce moment et nous sommes ravis que tu souhaites en faire partie. La première étape pour rejoindre Canneva est une brève discussion d'introduction sur ton expérience, les projets sur lesquels tu as travaillé, ce que tu recherches idéalement et te dire où nous pensons que tu te situerais dans l'histoire de Canneva. N'hésite pas à choisir une heure qui te convient pour un appel Zoom en cliquant ici.

« How's your day been ? », « Incredible journey »... Julia reconnaît l'approche *friendly* et l'enthousiasme professionnel des Anglo-Saxons. Comme chez Starbucks où les employés la tutoient et lui demandent son prénom pour l'inscrire sur son gobelet. D'ailleurs, Amy ne donne pas son nom de famille dans son email. Mais il apparaît dans le lien Zoom. Julia checke sur LinkedIn. Et doit reconnaître qu'elle est un peu impressionnée. Amy Li « recrute des free-lances et des entrepreneurs dans le monde entier » pour Canneva et vit à Melbourne. Logique, Canneva est une entreprise australienne. Dix heures de décalage... l'horaire du *Zoom call* risque de piquer. Le lien de l'email dirige Julia vers un planificateur de RV. Les plages horaires sont entre 6 heures et 8 heures. Elle choisit le créneau de 7 heures.

Trois jours plus tard, *zoom day* avec Amy. Julia prend une douche bien longue et un café bien fort. Il est 7 heures du matin à Paris, 17 heures à Melbourne, la jeune illustratrice s'installe à son bureau. Face pouponnée, bibliothèque en *background*, elle se connecte en visio avec Amy :

– Salut Julia, c'est sympa de te voir...

Lorsque tu en auras l'occasion, pourrais-tu remplir ce formulaire afin que nous puissions avoir une idée du matériel dont tu disposes à des fins de sécurité si tu es retenue pour le poste ? J'ai hâte de discuter avec toi. »
Les échanges entre Julia et les représentants de Canneva se font anglais, ils seront ici rapportés en français.

L'entretien se passe bien. Julia se montre à l'aise, sa mère, anglaise, lui a appris très tôt la langue. Elle répond clairement aux questions d'Amy : « Comment tu as mesuré le succès de tes travaux ? », « Quelles seraient tes envies si tu devais travailler pour nous ? ». Ils veulent des illustrations fun, originales sur des sujets liés à la diversité et l'inclusion. La conversation est informelle, mais bien balisée. En quinze minutes, c'est plié.

Julia est partante. Elle envoie son Insta en guise de portfolio.

Quinze jours plus tard, Julia est sélectionnée… pour la prochaine étape du process. Canneva veut s'assurer qu'elle saura répondre aux futurs briefs en la soumettant à un test. Elle en reçoit les détails dans un email orné d'une belle bannière violette :

WELCOME TO THE CHALLENGE !

Salut Julia !
C'est un vrai plaisir de rentrer en contact avec toi, et félicitations d'avoir atteint le stade du « challenge » !
Je me présente, Rachel, je suis responsable des opérations pour l'équipe diversité. Notre prochaine étape : te guider tout au long du processus « challenge ». Sens-toi libre de me contacter à tout moment si tu as des questions. Je serais ravie de t'aider. Cette mission sera rémunérée.

Je crois que c'est tout pour l'instant. On se reparle bientôt.
Bien à toi.
Rach.

Le message est sympa, le ton convivial, et Julia est fière d'être sélectionnée. Elle jette un œil au profil de « Rach » sur LinkedIn. Elle se présente comme *design operation lead** et est basée aux Philippines.

Mais elle doit ensuite passer à la partie administrative, et là, les *process* sont lourds. Julia coche les cases et remplit des fiches pour télécharger les consignes : un *deck*** violet en quatorze *slides*. En haut à droite de chaque page, une jeune femme apporte une explication en vidéo :

– Bonjour, je suis Lana, directrice artistique de l'équipe diversité. Tout d'abord, félicitations, nous aimons votre travail et nous pensons que vos illustrations sont incroyables. Nous voulons nous assurer que vous savez qu'il ne s'agit pas d'un test d'illustration, mais plutôt d'une opportunité pour vous de voir comment nous travaillons et de s'assurer que cela nous convient à tous.

Encastrée dans son petit hublot, Lana ressemble à un avatar. Elle articule mal. La prise de son est mauvaise, comme si elle avait tourné chez elle. Le ton monocorde

* Responsable de la coordination des ressources design.
** Présentation synthétique.

contraste tellement avec le fond, enjoué, qu'elle semble dérouler un script imposé.

Julia se sent surtout acculée par les process. Même les factures font l'objet d'un formulaire maison. Slide 7 du kit, tout est expliqué. *Job code details*, méthode de paiement, à remplir sur Tipalti*. Les obligations administratives grèvent le fun.

Julia montre le kit du test Canneva à Chloé, sa copine graphiste.

Chloé
Baddante la meuf 😱 tu vas relever le défi ?

Julia
Bah c payé !

Chloé
Combien ?

Julia
Justement, je voulais avoir ton avis.

Julia lui envoie la grille tarifaire.

Chloé
Hein ! Mais c'est quoi ces tarifs ? ! Et ils te payent à l'illustration. Ils sortent d'où ? Et les droits d'auteur ?

---

* Encore une plateforme. Tipalti gère les paiements de masse aux filiales mondiales et automatise l'ensemble du processus.

Julia
Tu les cèdes.

Chloé
Suis choquée.

Julia
Je leur dis non ?

Chloé
Hop hop hop, j'ai pas dit ça. C'est Canneva quand même.

Julia
Justement. C'est la mort de notre métier, ces trucs…

Chloé
Oh le réflexe de daronne ! Netflix, tout le monde crachait dessus. Maintenant ils ont Xavier Dolan. Réfléchis. Canneva, c'est mondial ! top pour tes références.

Julia décide de répondre au brief. Elle produit la série de personnages destinés à illustrer la diversité des utilisateurs de Canneva. Des roux, des blancs, des jaunes, des noirs, des queers, des handicapés… tous en situation de travail. Elle envoie tout ça à Canneva, qui adore. Lana lui répond de Sydney :

Objet : Julia, nous aimerions beaucoup travailler avec toi
Salut Julia,
Nous adorons ton travail ! Nous aimerions continuer à travailler avec toi en tant qu'illustratrice indépendante ! Félicitations ! Merci de bien vouloir remplir le formulaire dès que possible.
Lana

Julia ne remplira pas docilement le contrat sans réponse à ses questions.

Dois-je mentionner sur les illustrations dans mon portfolio que je suis de Canneva ? [...] Votre tarification est bien inférieure à mes tarifs habituels et vous ne prenez pas en compte le temps passé aux esquisses, le nombre de retours, etc. Pouvez-vous m'éclairer sur ces points ?

Amy n'est pas aussi réactive cette fois, pour des raisons de *public holidays*. Elle lui répond que les tarifs sont fixés à ce stade et ne changeront pas pour des raisons de *global standards*.

Ça ne va pas. Julia veut en discuter de vive voix. Elle provoque un zoom avec Amy qui lui redit à quel point son *input* est précieux, mais que la grille tarifaire par pays est fixée.

Julia raconte à Chloé :

– Elle n'a rien lâché, elle semblait triste pour moi. Plus elle disait *niet*, plus elle faisait la *sad face*…

– Tu vas lâcher l'affaire ?

– Non, j'ai été trop loin pour renoncer.

Julia signe le contrat électroniquement et devient enfin illustratrice officielle de Canneva. Elle a maintenant accès aux missions proposées par Canneva. Elle consulte la liste des *briefs* du mois de la plateforme australienne et en choisit un dans la catégorie la plus difficile (donc mieux rémunérée) : « Portraits doux de personnes hispaniques ».

Julia doit représenter des Latinos avec un traitement de type gouache. Elle sort son stylet et utilise Procreate sur sa tablette pour créer un effet *brush*. Elle aboutit à une première série qu'elle envoie en temps et en heure.

Julia attend un jour. Aucun retour.

Elle se remet au travail et termine toute la série et envoie le tout.

Deux jours plus tard, toujours aucun retour.

On est jeudi matin, 10 heures. Julia se décide à envoyer un message à Sara, la chargée des *briefs* de Canneva, sur le tchat Monday. Sara est mexicaine et vit à Mexico. Sept heures de décalage. Elle répond à Julia en cours de journée.

Merci pour votre envoi. J'apprécie vraiment le temps que vous avez pris pour travailler sur cette collection. J'ai complété les retours disponibles via le lien ci-

dessous.
Nous ne poursuivrons pas la production de ce brief, c'est la fin de notre saison de production. Nous sommes actuellement en train de préparer notre prochaine saison. Un nouveau lot de briefs sera bientôt disponible.
Sara

Julia est chez elle quand elle découvre l'email, il est 21 heures. Elle le relit trois fois et ne comprend pas. Ils disent qu'ils arrêtent la production, mais lui font des retours. C'est fini ou c'est décalé ? Elle lit le débrief. On lui reproche un décalage « flagrant » entre la demande et les illustrations et un *grungy feeling. Grungy* ? Sale ? Ses esquisses présenteraient aussi un caractère *too predictible.*

Il reste peu de temps pour corriger le tir, mais il faut d'abord qu'ils s'expliquent un peu. Julia envoie un message à Sara à 21 heures.

Celle-ci confirme à Julia que le brief est bel et bien terminé : son travail est *archived,* c'est-à-dire mis à l'index. Pour « Portraits doux de personnes hispaniques », c'est fini.

Alors comme ça, ils arrêtent la prestation en cours ?! Et comment comptent-ils la dédommager pour le travail effectué ? Sara lui répond aussitôt qu'ils « apprécient le temps et les efforts consacrés au brief initial » et qu'ils « seraient heureux de la dédommager de 10,50 $ l'unité pour un total de 21 illustrations». Pour être prise en compte, sa facture doit être envoyée sur Tipalti avant la fin de la saison.

Julia se confie à Chloé.

Chloé
10,50 $! ? ! c'est moins qu'un tjm* de stagiaire graphiste 🤮

Julia
Le pire c'est la manière d'annoncer les choses, comme si on faisait ça pour le plaisir en zappant totalement la partie financière.

Chloé
Leur système de travail est vraiment horrible.

Horrible, peut-être pas, triste assurément. Julia s'imaginait bosser avec une équipe sympa, soudée et agile, elle est confrontée à une administration lourde, mécanique et aveugle. *Amy* à Melbourne, *Rach* aux Philippines, *Lana* à Sydney, *Sara* à Mexico… ces agents clairsemés ont un seul lien : ils suivent strictement la procédure.

Quand on ne se rencontre pas, l'anonymat règne. Chacun est interchangeable au sein d'une vaste

* Taux journalier moyen.

machinerie qui ne fonctionne qu'en flux, chiffres et tâches validées. Julia n'est qu'un rouage périphérique connecté en virtuel seulement à d'autres rouages de l'entité Canneva. Soit elle tourne avec, soit ils feront sans.

Surbooking

Il n'a jamais été aussi facile d'organiser des réunions. Plus de temps perdu à chercher une salle, plus de prises de tête à coordonner les gens, grâce aux agendas partagés, on sait qui est libre et qui ne l'est pas. Les trous des agendas se remplissent comme par magie. En deux clics, la réunion est sur pied. Notre travail est minuté, découpé en tranches régulières pour mieux nous synchroniser. C'est fluide, facile, efficace.

Trop efficace. Les réunions s'enchaînent et parfois même s'empilent. Pas le temps de digérer le déjeuner ou la réunion précédente, il faut poursuivre, vissés à nos sièges sans un instant pour récapituler, débriefer, respirer. Le surbooking par agendas interposés, c'est la fin des temps morts qui mettent de l'huile dans les rapports.

Mercredi soir, debout dans le RER, de retour de Nanterre, Sébastien reçoit une notif sur son smartphone. « Quoi ?!? » Andy lui a ajouté une réunion demain à 11 heures… annoncée la veille à 19 heures. Il n'a plus aucun créneau de libre ! Les gens ne respectent rien…

Sébastien est consultant AMO (assistance à maîtrise d'ouvrage) chez Coxisse, une ESN*, depuis deux ans. Il pilote des projets de transformation digitale en hybride. Il intervient chez son client quand il faut cadrer le projet sur place, travaille de chez lui le reste du temps. Comme demain, jeudi.

Sébastien ouvre son agenda partagé et découvre un Tétris de réunions accumulées. Ce jeudi va être un enfer.

– 09:00 à 09:30	Point synchro Angie
– 10:00 à 11:00	Point client
– 11:00 à 12:00	Andy point RGPD
– 12:00 à 12:30	Point équipe sur maquettes PRJ
– 12:30 à 13:00	1to1 Nathan
– 13:00 à 14:00	Formation QSE
– 14:00 à 15:00	Entretien matt
– 15:00 à 17:00	Échange marketing Darwin
– 15:00 à 16:00	Réunion Converséo
– 16:00 à 17:00	Point activation
– 17:00 à 18:00	Point DSI
– 18:00 à 19:00	Post mortem Chronolost

Sur Doctolib, les médecins craignent les annulations de dernière minute. Sur Outlook, les collaborateurs redoutent les réunions qui s'ajoutent au dernier moment.

---

* Entreprise de services numériques.

Certains rendez-vous de Sébastien sont sur le même créneau : entre 15 heures à 17 heures, il a un conflit de trois réunions. Un cas d'école de surbooking de collaborateur ! Du coup, Sébastien n'a rien confirmé, ne sachant pas qui s'était imposé sans vérifier sa disponibilité.

Le lendemain, à 8 h 35, Sébastien se glisse hors du lit et enfile ses affaires de la veille. Dans son petit coin cuisine, il bâille en se frottant les yeux, se verse un café *lungo* et s'installe à son bureau coincé à côté de son lit. Il sort son ordi de son sac à dos. C'est parti pour une journée face cam.

9 h 01. Sébastien ouvre Teams. Plan serré sur son visage blanchâtre et ses yeux bouffis.

9 h 02. Sébastien s'étire et rejoint la réunion : un point synchro hebdomadaire avec Karen, sponsor* tonique du projet, et l'équipe. L'enjeu pour Sébastien est de rassurer la responsable tout en occultant son aversion pour son management infantilisant. « Quelle est votre météo du jour ? », demande Karen. Sébastien a envie de répondre « torrents de boue » mais il est encore frais et répond : « Soleil. » Soleil, nuage, pluie... Chacun raconte sa semaine, aborde les points accomplis, les problèmes rencontrés et évoque les défis à venir. À 9 h 28, la réunion se termine dans les temps. Merci Karen.

---

* Personne responsable de la réussite globale du projet.

Sébastien a alors trente minutes devant lui. Une aubaine dans cette journée surbookée. Il déroule ses emails non lus qu'il classe en « urgent », « pour plus tard », « pour info » et répond à ses notifs Teams les plus pressantes. Notamment une indiquant un nouveau conflit à 17 heures sur son calendrier Outlook. Tatiana, une manager du marketing relationnel, veut lui poser un point en même temps que le DSI, qu'il ne veut absolument pas rater. Il envoie un message à Sophie, sa n+1 pour qu'elle demande à Tatiana de reporter, mais pas de réponse pour le moment.

9 h 55. Alerte agenda : point client dans cinq minutes.

Sébastien termine son café froid, et se lève pour se dégourdir les jambes. 9 h 57, il se rassoit et se connecte à sa réunion client. Dominique, son n+2, l'a sollicité pour un point avec le directeur de Sasufi Santé. La réunion commence mal, Dominique n'est pas là. Il se retrouve seul avec un client à qui il n'a jamais parlé. « Bonjour… » « Bonjour… » Ils n'ont rien à se dire, le temps s'étire… Dominique se connecte à 10 h 06. « Désolé. Une réunion s'est éternisée… »

Dominique et le client échangent entre eux. Sébastien ne fait rien d'autre qu'écouter, mais reste vigilant, prêt à intervenir pour apporter son support. Bingo ! Au bout de vingt minutes, le directeur lui demande un petit topo sur la dernière version de la plateforme Darwin. Alors qu'il lui répond, il reçoit un message par le tchat

Teams de Dominique : «Je ne te demande pas de lui faire les yeux doux, mais souris un minimum.» Sébastien voit rouge, mais se fend d'un sourire, et poursuit. Son n+2 lui envoie une nouvelle consigne : «Relance-le sur le Cloud. Faut qu'on avance sur le *closing** ». Message reçu. Sébastien s'apprête à aborder le cloud.

– Et sinon, Est-ce que vous avez des nouvelles... à... la conformité... car on n'a pas...

– On t'entend mal là, lui dit Dominique.

– Désolé, je vais me reconnecter.

Deux minutes plus tard, Sébastien débranche et rebranche sa Wi-Fi. Mais trop tard.

– 10h55! s'exclame le client. Messieurs, je vais devoir vous laisser. Merci Sébastien pour ton retour. Tu m'envoies la doc' sur Darwin et ton compte rendu? Merci, je vous laisse. Bye, bye. À bientôt.

10h57. *Bye bye.* Sébastien est seul à sa table. En présentiel, Dominique et lui auraient débriefé à chaud pour améliorer leur duo. En visio, ces temps-là sautent. Sébastien aime bien aussi rédiger ses comptes rendus quand c'est encore frais dans sa tête, mais Andy, la responsable juridique qui lui a pris son dernier créneau, l'attend dans trois minutes.

---

* Bouclage d'une nouvelle affaire. «Closer», franglais, qui vient de «*close a deal*» signer une affaire.

11 heures. Avant de cliquer sur « Rejoindre », Sébastien s'étire et roule ses épaules.

Le visage d'Andy fige régulièrement. « Ça te va, si on désactive la caméra ? lui demande Sébastien. J'ai des petits soucis de connexion chez moi. » (Pour une fois que c'est vrai.) Andy n'y voit pas d'objection, de toute façon, elle va lui dérouler une présentation.

« Dans un monde post-cookies* tiers, la maîtrise de la donnée propriétaire est essentielle… pour les annonceurs… »

Andy est lente, monotone mais caméra off, Sébastien peut suivre en déambulant dans son studio, comme pendant le confinement. Il s'autorise même un petit café, en mode *mute*.

11 h 55. Alerte Point équipe projet sur maquettes PRJ.

– Désolé, Andy, va falloir que j'te laisse, j'ai un point projet dans cinq minutes. Tu peux m'envoyer ta prez ?

Sébastien se connecte au point équipe. Bip, bip, bip. Des initiales apparaissent. On se connecte sans se saluer. On entend juste des bruits de clavier. Nicolas, Mélanie et Sébastien travaillent ensemble depuis longtemps.

---

* Petits traceurs capables de suivre l'activité d'un internaute en ligne.

– On y va ? *Close* ta cam' Nico, dit Sébastien. Et c'est quoi ce *background* ?

Nicolas, le *product owner*, a mis en arrière-plan une image de Godzilla aux plaques dorsales illuminées.

– Un message subliminal pour les emmerdeurs.

– Subtil, dit Sébastien. Si on peut faire efficace, ça m'arrangerait. Vous avez eu les dernières infos ?

– Yep.

– Ouh, ouh, Mélanie ?

– Oui pardon. Je vous ai fait signe que c'était ok, mais sans cam, forcément…

Elle leur envoie le lien Figma* sur le tchat. Sébastien et Nicolas se connectent pour regarder les maquettes. La réunion dure vraiment une demi-heure malgré la volonté d'accélérer. À la fin, Sébastien aurait voulu rassembler les consignes pour que Nico et Mélanie avancent. Il va devoir attendre car il a un call avec Nathan, son ancien n+1 dans cinq minutes. « Juste pour voir quelques trucs » sur un projet passé lui a-t-il promis. Ces « quelques trucs » prennent vingt-cinq minutes sur un créneau de trente minutes.

12 h 55, Sébastien n'a que cinq minutes, montre en main, pour déjeuner. Il sort quatre crêpes emmental-jambon du congélo. Trois minutes au micro-ondes. Ting ! Juste avant sa formation à la QSE (qualité, sécurité, environnement). Là, ça va, il faut juste faire acte de

---

* Outil de conception de maquettes et de prototypes d'interfaces utilisateur.

présence. Sébastien s'installe sur son lit dos au mur, ordi sur les cuisses. Et c'est parti pour le *slideshow*.

Qu'est-ce que la démarche QSE ?
Quels sont ses enjeux pour Coxisse ?
Comment l'élaborer et l'exécuter sur le terrain ?

L'animateur parle. Sébastien mange ses crêpes à la main.

« ...déployer son dispositif de conformité et de démarche QSE permet... pour cela je vous ai préparé un petit sondage... Je vous demande de vous rendre dans le tchat pour y répondre s'il vous plaît ».

Zut, c'est interactif. Sébastien repose sa crêpe, clique sur le lien avec ses doigts gras et répond à la première question. L'animateur poursuit. La formation se termine à 13 h 57.

Sébastien retrouve Matt, l'intégrateur qui vient d'arriver sur le projet Sasufi Santé, pour un entretien *touchy*. Sébastien sent qu'il veut lui dire un truc important.

– Heu... je voulais te prévenir que je me désengage de Sasufi Santé. Une problématique heu... personnelle entrave ma participation à ce projet.

– OK, Matt. Mais tu peux m'en dire plus ?

Matt lui explique qu'il ne veut pas travailler pour un client qui effectue des tests de quasi-noyade sur des souris. La tuile. Matt bosse bien et Sébastien n'a pas d'autres ressources dispos.

– Merci Matt, j'apprécie que tu m'en parles. Mais… tu es certain de ta décision ?

– Oui, pas de compromis possible pour moi.

– OK, je vais voir, il faut prévoir une transmission et une ressource pour te remplacer. Laisse-moi réfléchir et je reviens vers toi.

Sébastien claque son ordi et tourne en rond dans son studio en quête d'une solution. Il vient d'apprendre qu'un bon élément, avec qui il travaille depuis un an, quitte son projet.

C'est la première fois qu'il est confronté à un cas de conscience d'un membre de son équipe. Trop de choses à penser, il préfère s'asseoir sur son canapé et regarde son agenda. Dans une demi-heure, il a trois réunions en arbitrage sur le même créneau. Et il n'a pas le don d'ubiquité.

Son point avec Converséo, un partenaire de l'agence, il peut le zapper. Seb leur avait demandé des documents en amont et ils n'ont rien envoyé.

Bonjour,
Sauf erreur de ma part, je n'ai pas reçu votre dernière analyse. Sans ces éléments cette réunion ne sera pas productive. Je propose de la décaler.
Bien cordialement.

Il prévient aussi tous les invités de son équipe de l'annulation sur Teams.

On n'a pas les entrants, on déplace la réunion
Converséo.
Je vous tiens au courant.

Reste deux qui se chevauchent sur la deuxième heure du créneau 15 heures-17 heures : «échange marketing» et «point activation».

La réunion «échange marketing» de 15 heures à 17 heures a tout du traquenard. Elle dure deux heures. Daphné, l'organisatrice, est pénible : elle ne prépare rien, elle ne vérifie pas les disponibilités des gens et elle ratisse large pour récupérer un max d'idées qu'elle s'approprie ensuite.

La seconde réunion, de 16 heures à 17 heures, est plus délicate. Sébastien checke l'ordre du jour et la liste des invités. Il faut y aller sinon son équipe, déjà bien bookée, va encore récupérer du boulot. Il demande à Sophie, sa n+1, de l'aider à zapper Daphné.

Sébastien
Quelle réunion est prioritaire ?

Sophie
Le point activation bien sûr.

Sébastien
Je zappe Daphné ?

Sophie
Surtout pas, mais tu t'éclipses à la 2e heure.

La poisse. Il déteste faire ça. Il se rue sur son frigo et descend une canette de Coca. Il pose ses mains sur son évier et éructe un bon coup. Ça, il ne peut pas le faire en *open space.*

15 h 01. Sébastien se rassoit, s'exerce à sourire et se connecte à la réunion « échange marketing ». Il écoute Daphné mener la réunion de sa voix mielleuse. Il attend le moment propice pour annoncer qu'il ne pourra pas rester et, à force d'attendre, doit l'annoncer de but en blanc à 16 h 02.

– Bien sûr Nicolas, tu es tout excusé. Sophie m'a expliqué. On sera juste triste de pas avoir ton *input* en live. Et c'est très gentil de nous proposer tes *slides* sur Darwin.

Plaît-il ? Sophie a promis à Daphné des *slides* sans le consulter ? Pas le temps de contester : il doit rejoindre le point activation.

– Désolé pour le retard.

L'organisatrice feint que cela ne la dérange pas, mais Sébastien sent qu'il a pris un mauvais départ. Alors même qu'il doit lui expliquer avec diplomatie qu'il veut retarder l'opération prévue :

– Aucun souci, oui, bien sûr… sauf que… enfin non. Ça coince niveau délais. On pourrait… enfin, on a besoin d'un peu d'air, de souplesse…

Sébastien n'est pas clair, distrait par la réponse de Sophie, sa n+1, sur les *slides* à remettre à Daphné. « Oui, je lui ai promis juste quelques *slides*. Tkt. T'as qu'à reprendre le *post mortem*. »

« Juste quelques slides. » Elle est marrante. Il va devoir retrouver la bonne version du *post mortem* et l'adapter, une tâche de plus pour ce soir. Sébastien est furieux, mais garde le sourire face caméra.

– Sébastien, t'as buggé ? remarque l'organisatrice du point activation.

– Désolé, petit problème de connexion. Comme je vous disais, il y a des éléments qu'on ne maîtrise pas et ça s'accélère… On a des points de vigilance… Avant que ce soit décidé, on veut que ce soit bien partagé par toutes les strates d'intervention.

L'organisatrice fait semblant de ne pas comprendre que Sébastien a besoin de temps. La fatigue, le stress, l'heure qui défile, il se montre plus direct. Et moins subtil.

– Écoute, on ne va pas passer la réunion dessus, il faut décaler. Désolé, je dois vraiment vous laisser, j'ai une réu qui débute. On en reparle si tu veux avec Sophie. Je vous laisse, je suis attendu.

Sébastien s'est impatienté, il commence à saturer et doit en plus aider Nico, son *product owner* qui a convoqué les développeurs pour des raisons d'agenda là aussi. Arrivé en cours, Sébastien projette peut-être, mais il sent une tension. Il tente de briser la glace.

– Vous m'entendez ? Salut tout le monde. Ça vous dit qu'on mette les caméras ? C'est plus convivial. Merci. Voilà, on est mieux, non ? Comment ça va ?

Nico le reprend en sous-main avec un message WhatsApp.

Nico
😐 wrong move, les dév détestent la caméra.

Nico contribue à un stéréotype, mais en l'occurrence, il a raison. Ils n'ont vraiment pas l'air ravis. Alors Sébastien s'adapte.

– Merci. C'était juste histoire de mettre un visage sur chaque nom. On peut couper, c'est plus simple pour tout le monde.

On éteint sa caméra.

– J'aimerais qu'on mette à profit cette réunion pour parler d'Engie+, j'arrive pas à comprendre. C'est quoi l'adhérence* ?

Les développeurs estiment qu'ils n'ont pas le temps, qu'ils sont staffés sur plein de projets en ce moment.

---

* Impact d'un développement sur les autres projets.

Nico rappelle que ce projet a un statut prioritaire depuis son lancement. Sébastien doit arbitrer. Mais il est sollicité par Tatiana sur la réu qu'il a laissée en *pending*.

– Désolé, je dois vous laisser deux minutes, un *call* important. Je gère l'urgence et reviens vers vous.

Sébastien bascule sur la visio de Tatiana.

– Bonjour à tous. ... Oui Tatiana ? Excuse-moi, j'te coupe, je suis en pleine réunion, donc à moins d'un motif impératif... OK. On voit ça plus tard ? ... Merci.

Ouf ! Sébastien se reconnecte à la visio avec les deux ingénieurs de développement et Nico. Il n'aurait pas dû partir. L'échange a viré au pugilat.

– Les specs* étaient pas claires, s'exaspère Alex, un des deux développeurs.

– Dites plutôt que vous comptez vos jours à la louche ! dit Nico.

Sébastien surgit, caméra activée.

– S'il vous plaît, on fait un point, pas un match de boxe. Alex, tu m'expliques cette histoire de nombre de jours. Nico ensuite. Et on ne s'interrompt pas !

Chacun avance ses arguments. En mode *Black Mirror*, sans visage, la tension est palpable.

– OK, merci. Bien noté, je vais reboucler avec ma hiérarchie.

« Reboucler avec sa hiérarchie. » Expression typique

---

* Document où sont recensés et formalisés (exprimés techniquement) les besoins du client

de manager qui veut noyer le poisson. Sébastien s'entend parler et se mettrait des claques. Mais il n'a pas eu le choix. D'habitude, il sait arrondir les angles, mais là entre deux *call*, il n'y arrive pas. Nico a peut-être été froissé par son intervention *manu militari*. Pas le temps de vérifier, il enchaîne : réunion *post mortem* sur Chronolost avec Sophie sa n+1, à 18 heures.

Post mortem : désigne une réunion de clôture de projet pour en faire le bilan, en tirer des enseignements. On dit «*post mortem*» pour évoquer une ambiance neutre : on n'est pas là pour régler des comptes, on dissèque à froid. Mais, là, Sébastien est fatigué. La journée a été longue. Quand vient son tour de donner son *feedback* sur le projet, il n'est pas du tout dans le ton d'un *post mortem*. Sophie le reprend, en pleine réunion.

– Je sens comme… une pointe d'exaspération dans ta présentation des faits Sébastien. Tout va bien ?

– Non. Mais c'est qu'on a déjà fait un *post mortem* CBO jeudi dernier et on retrouve les mêmes problèmes. On a déjà débriefé tout ça. On se répète. En fait, je me demande ce que je fous là !

La bombe est lâchée. Sophie s'efforce de la désamorcer.

– Ne confonds pas tout Sébastien. Il y avait des problématiques à aborder sur CBO, mais Chronolost n'a rien à voir et…

– Quand est-ce qu'on dîne ?

Une petite voix enfantine coupe Sophie.

– Plus tard, chérie, maman est en réunion. Laisse-moi

cinq minutes, va jouer avec ta sœur. Désolé, les joies du télétravail… Je vous propose de clore cette réunion, il est tard et je crains que nous ne soyons plus très productifs.

19 h 34. Tout le monde clique sur « Quitter ». Clac. La tension accumulée de la journée sature le petit studio de Sébastien. Le clash avec sa n+1 devant l'équipe résonne encore. Il regretterait presque le cahotement du RER pour se vider la tête. Nerveusement à bout, il doit encore rédiger deux comptes rendus, reprendre deux jeux de *slides* et rédiger des consignes pour ses équipes. Il annule la soirée foot chez son pote, se lève de sa chaise et s'écrase sur son lit.

Le télétravail reproduit en visio ce que la réunionite dévore en temps opérationnel en *open space*. Mais en pire. Il serait impossible de réunir sur un même site en une même journée des personnes aussi diverses sur des projets aussi variés. La visio le permet. Mais elle condense, accélère tout. Les agendas débordent. Les rythmes s'affolent, on se fatigue, on s'irrite. Jusqu'à l'explosion.

Six conseils de survie en visio

1. Contrôler son image

Avant une visio dans une nouvelle pièce, sous un autre éclairage, prenez un peu de temps, vous passez dans votre « loge », l'antichambre de Teams, Zoom ou Google Meet, c'est là, sur votre propre écran, que vous découvrez la tête que vous arborerez. À cette distance, focale 13 à 24 mm, la caméra déforme. Votre nez paraît trop gros, votre menton trop relâché, votre front luisant, c'est déprimant. La lumière, moins clémente encore que celle de votre salle de bains, fait apparaître les rides, les cernes, les imperfections. On ne choisit pas sa gueule, mais on peut l'améliorer.

Pour la lumière, un éclairage latéral est recommandé. Bannissez les fenêtres dans le dos, les halogènes dans le fond, le contre-jour est assassin. Pour éviter l'effet double menton, tenez votre smartphone en hauteur, placez des livres sous votre PC, achetez un rehausseur. Des dispositifs « bonne mine numérique » existent. Par le truchement magique des filtres, votre peau paraîtra plus lisse, plus claire, plus polie. Si ça vous paraît trop artificiel, agissez à la source. Anticernes sur les rougeurs, les pommettes. Même les ventes de maquillage masculin ont bondi avec le développement de la visio.

Les accessoires ne sont pas accessoires. Et le principal reste le vêtement. Vous pouvez être en slip en bas, mais, en haut, il faut être « visio-compatible ». Les évidences que maîtrisent les pros des plateaux télé s'appliquent aux télétravailleurs : pas de pull noir pour les teints pâles, pas de couleurs roses ou jaunes pour les teints clairs.

2. Gérer les temps morts

C'est l'heure. Il faut vous connecter…

Si vous êtes le premier arrivé, vous vous trouvez dans un vestibule virtuel. Vous vous penchez sur une menue tâche pour patienter. Et soudain, une voix surgit de nulle part : « Vous m'entendez ? » Ce n'est pas l'écho, on vous parle vraiment. Mais où ? Sur quel onglet ?…

Si les autres sont déjà là, la première chose que vous leur dites, ce n'est pas « Bonjour ! », ni « Allô ! », mais « Vous m'entendez ? ». On n'a pas grand-chose à dire en visio, mais on veut tous être entendus.

Puis suit ce petit moment de flottement. Entre collègues, ça passe. Avec un client, c'est malaisant. Se découvrir comme ça, en gros plan, c'est intimidant. «Je vous propose qu'on attende Monique qui doit nous rejoindre...» Et pendant ce temps, on ne peut pas proposer un café, déballer ses affaires, ni demander : «Ça a été le trajet?» À la rigueur, on tente un : «Vous avez passé un bon week-end?» Mais les arrivants suivants interrompront votre *small talk*... Bref, ne tentez rien, souriez, ça suffira.

3. Maîtriser le son

Gérard ne s'arrête plus de parler. Personne n'ose lui dire qu'on n'entend qu'un mot sur deux. Ainsi va le son en visio : il peut hacher en cours de route. Nos propos sont transmis par paquets de données au gré du Wi-Fi. Et parfois, ça sature. On essaie de contrebalancer en parlant lentement, distinctement, mais quand ça coupe, rien n'y fait.

En présentiel, c'est fluide, rapide, vivant, on se coupe allégrement, on échange à bâtons rompus. On insère des : «Tout à fait!» ou des «Pas d'accord!» à tout bout de champ. En distanciel, on se transmet sagement un bâton de parole. Chacun scande sa tirade comme au théâtre.

Une fois son tour passé, on enclenche la fonction «mute», devenue essentielle. On passe son temps à l'activer et à la désactiver. L'angoisse vient surtout des bruits extérieurs. Un cri d'enfant, une perceuse dans le mur, votre conjoint qui tire la chasse… Optez pour un casque antibruit, avec un micro intégré, comme les téléopérateurs, vous serez plus tranquille.

4. Adapter son *body language*

En visio, les *brainstormings* ne sont plus, comme en présentiel, des orages de pensées. Les idées ne fusent plus, personne ne saisit les balles au rebond, les blagues tombent à plat.

Les débats, eux, sont policés. En présentiel, on s'affronte dans les yeux, avec les forces en présence. En distanciel, les forces sont divisées, dispersées, les regards nous parviennent en décalé, à peine les capte-t-on qu'ils ont déjà fui. Face à face, on sent l'atmosphère, les tensions qui naissent, s'apaisent, l'impatience qui se laisse deviner dans un geste, le sourire qui met en confiance. En visio, impossible d'adresser discrètement un clin d'œil à quelqu'un, mais on ne remarquera pas que vous regardez votre montre ou que vos pieds gigotent. On perçoit les visages en visio, mais on ne détecte pas bien les indices faciaux. Si vous voulez appuyer les propos d'un autre, hochez la tête ostensiblement.

5. Caméra ou pas ?

Activez-la ! Question de savoir-vivre. Elle ne nous met pas en valeur (*cf.* conseil n° 1), on a parfois envie de rester dans le noir, mais c'est l'usage. Vous ne vous présentez pas en réunion présentielle avec un sac sur la tête ! Et puis, un écran noir n'inspire pas confiance. On pense que vous n'écoutez pas. Que vous avez quelque chose à cacher. Vous suscitez la jalousie (si lui le fait, pourquoi pas moi ? Lui, il se prend un café, ou plie son linge pendant que nous, on bosse). S'octroyer le droit de dévisager vos pairs se paye au prix d'être observé en retour.

La question de la caméra ne se pose donc pas. Vous aurez beau prétexter un problème de bande passante, prétendre préserver la planète, ou arguer que vous vous concentrez mieux sur les propos sans les visages, ça ne sert à rien. Si votre client met sa caméra, il faut la mettre. Question de rapport de force. Si votre n+1 se présente *de visu*, il faut la mettre. En entretien d'embauche, il faut la mettre…

Résultat, nous sommes tous en « garde à vue », fixés à nos sièges. D'ailleurs, si vous portez des lunettes, faites gaffe, vos verres peuvent refléter votre écran et trahir que vous êtes en train de faire autre chose.

6. Raccrocher

En présentiel, on se parle en face et on discute en off sur le seuil de la porte. L'heure venue de se quitter, on se confie en aparté sur le seuil. On fait le point : « Ça s'est plutôt bien passé, non ? »

En distanciel, les confidences, les debriefings, les bavardages passent à l'as. Ou on passe par le tchat. On présente un visage attentif face caméra, mais on « clavarde ». Avec son allié de visio ou son équipe, en *shadow*. La fin, en revanche, est brutale. Vous cliquez sur « Quitter », tout le monde disparaît. Et vous vous retrouvez seul. Il faut rappeler certains participants, les débriefer. Mais ils ne sont pas toujours disponibles…

Si vous commencez à parler à votre chat, votre chien, ne vous inquiétez pas, c'est normal. Descendez peut-être boire un verre au comptoir du bar le plus proche. Vous avez besoin de socialiser.

Lexique

ASAP : *as soon as possible*. Le plus tôt possible. A remplacé le terme « urgent », qui péchait par son caractère trop impératif. La version française moins glamour TTU (très, très urgent) n'a jamais pris.

B2B (ou BtotB) : le *business to business* désigne les activités et transactions qui ont lieu entre professionnels, comme les grossistes. Le B2C (*business to consumer*) désigne les activités entre professionnels et consommateurs, comme le commerce de détail.

Bench : îlots de bureaux modulables par 2, 4 ou 6, adaptés au travail en équipe.

Board : organe de direction d'une société, incluant ses investisseurs. La désignation officielle est « conseil d'administration », mais elle est longue à dire et à écrire.

Compliance officer : chargé(e) du respect des normes et réglementations.

Corpoworking : constitué à partir des termes *corporate* et *coworking*, un *corpoworking* désigne un espace de *coworking* logé au sein des locaux d'une entreprise.

Cost killer : pourfendeur des coûts, chasseur des dépenses inutiles. On qualifie souvent ainsi les directeurs d'achat pour leur réputation de tueurs en négociation.

Coworking : espace de travail partagé qui, permet à ses membres appelés *coworkers*, de disposer d'un lieu de travail flexible.

Cringe : qui suscite gêne ou embarras. Les questions déplacées, les remarques salaces et les blagues de beaufs sont souvent qualifiées de *cringe*.

Datadriven : littéralement « guidé par les données ». Qualifie une personne capable de tirer parti du potentiel des données numériques depuis l'avènement de la « big data » (ensemble des données numériques – datas – produites).

Design thinking : il s'agit, à l'origine, d'une méthode de gestion de l'innovation créée à Stanford. Appliqué au milieu professionnel, le *design thinking* est une méthode créative de collaboration qui veut appréhender et résoudre des problèmes complexes de manière empathique et collaborative.

***DM* (ou MP)** : de l'anglais *direct message*, parfois traduit en français par MP (message privé). Lors d'un échange sur les réseaux sociaux ou une interface professionnelle, « passer en DM » signifie poursuivre la discussion en mode privé.

Fact checking : action de vérifier la véracité des faits en direct. À l'heure des *fake news*, la démarche est devenue une activité à part entière du journalisme face aux affirmations des responsables politiques.

Flow : état de concentration optimal qui permet de mobiliser au mieux ses facultés. Être dans un état de *flow* se dit aussi être « dans la zone ».

Full remote : le 100 % télétravail. Une entreprise *full remote* fonctionne entièrement en distanciel, elle peut même ne pas avoir de bureaux. Et un job *full remote* peut théoriquement s'exercer de n'importe où, le salarié ne se présentant jamais, ou rarement, aux locaux de son employeur…

Gen Z : génération des personnes nées entre 1997 et 2010 qui n'ont pas connu le monde sans Internet.

Google Meet *:* Il s'agit, avec Zoom et Teams, d'une des trois plus grandes plateformes de visio au monde.

Input : entrant. Toute entreprise a des *inputs* (des clous et des planches) et des *outputs* (des caisses en bois). Le terme prend sa source en informatique. Il assimile l'entreprise à une vaste base de données gérée par des systèmes d'information où tout *input* compte. Si on vous demande en réunion : « C'est quoi ton *input* », ce n'est pas un simple avis qu'on attend de vous, c'est une contribution au système.

Macrozoning : organisation de l'espace de travail selon les fonctions et départements.

Onboarding : processus d'intégration des nouveaux en entreprise. Les *onboardings* comprennent la remise du badge d'accès, les traditionnels tours des bureaux, le repas d'intégration… mais à grande échelle, par groupe de nouveaux venus. L'anglicisme contient la promesse d'un voyage d'affaires, mais la réalité est souvent en mode charter.

One-to-one (ou 1to1) : entretien individuel. Il se déroule généralement entre un n+1 et un membre de son équipe.

Pending : en attente de réponse.

Post mortem : réunion bilan visant à tirer les enseignements de la réalisation d'un projet. Les méthodes dites « agiles », qui promeuvent le *test and learn** et le droit à l'erreur, ont consacré le retour en grâce de cette étape.

Product owner : chef de produit digital en mode dit « agile » (une méthodologie de gestion de projet basée sur la souplesse et l'adaptabilité) qui travaille avec les équipes techniques et design sur le développement de nouvelles fonctionnalités. On dit aussi « PO » (à prononcer à l'anglaise). Avant, on disait « chef de projet ».

Roadmap : calendrier de lancement ou feuille de route.

Roadshow : en marketing, on appelle ainsi une tournée promotionnelle autour d'un produit ou d'un service. En finance, il s'agit plus précisément d'une tournée auprès des investisseurs potentiels.

Showrunner : personne responsable du fonctionnement quotidien d'une série télévisée ou d'une émission. En entreprise, celui ou celle chargé(e) d'animer, tel un présentateur télé.

Slideshow : déroulé de *slides* (diapositives) créées sur PowerPoint, Google Slides ou Canva. La version française du terme, diaporama, est peu usitée.

Slack : plateforme de travail à distance. Sur Slack, les collaborateurs peuvent tchater, poster des documents, des photos, des messages, des GIFs, des émojis, stocker, regrouper leurs discussions sur des chaînes de sujets comme sur Teams. Ce logiciel de collaboration devient l'ancre, la mémoire et le lieu de vie des projets.

Small talk : conversation légère, qui n'a pas d'autre intérêt que combler le silence.

Soft skills : littéralement, compétences douces. On oppose les *hard skills* (compétences techniques) aux *soft skills* (compétences comportementales), comme on opposait le savoir-faire et le savoir-être en entreprise. Les *soft skills* sont un fourre-tout sémantique, mais l'expression émaille les offres d'emploi.

Supply chain : chaîne d'approvisionnement.

Swiper : déplacer rapidement son doigt sur un écran.

Switcher : passer sans cesse d'une chose à l'autre.

Task force : d'origine militaire, la formule désigne une force d'intervention. Moins menaçante sous sa forme anglaise, elle désigne par extension au milieu professionnel un groupe constitué pour mener une mission particulière.

Teams : un des trois plus grandes plateformes de visio au monde, celle-ci appartenant à Microsoft. Elle propose aussi les fonctions de messageries et de partage et stockage de documents.

Test and learn : méthode d'expérimentation qui consiste à lancer un service au plus vite pour bénéficier, au plus tôt, des retours d'expérience des consommateurs. Pléonasme érigé en méthode qui insiste sur les enseignements (*learn*). De fait, on fait des tests pour en apprendre quelque chose.

Tracances : mot-valise constitué de travail et vacances. Désigne le télétravail sur le lieu de congé.

Use case : étude de cas, mais en anglais c'est plus chic et concis.

Webinar : contraction de *web* et *seminar*, séminaire en ligne réunissant un large public, on trouve aussi « webinaire » en version francisée. Dans les *webinars*, seuls les intervenants ont le droit de parler. Le public participe et applaudit via le tchat par écrit ou émojis.

Workshop : atelier de travail. L'anglicisme sonne moins artisanal que le français.

Zoom : Zoom Clouds meeting, une des trois plus grandes plateformes de visio au monde, popularisée pendant le confinement. Elle est aussi un outil collaboratif de messageries et de partage et stockage de documents.

Zoom call : visioconférence via le logiciel Zoom.

Remerciements

Je n'ai pas écrit ce livre seul.

Merci à :

Amélie des Isnards, ma femme.

Mes amis et partenaires, si précieux et généreux : Fabrice Lehman, Michelle Schitter, Roman Scobeltzine, Claire Teysserre-Orion et, bien sûr, Charles de Saint Remy (alias Charlie Winner)

Guillaume Allary, mon éditeur de toujours, et Stéphane Desa, au jour le jour, pour m'avoir aussi bien accompagné dans l'écriture.

Tous ceux qui m'ont confié leurs histoires, apporté leur témoignage. Tout particulièrement : Audrey C., Blandine G., Tara K., Marie C., Antoine D., Maguitte, Alix B., Gwladys B., Damien B., Marie D.D., Mathieu F., Amaury H., Nicolas D., Fabienne M., Delphine D.S.R.

Tous ceux qui m'ont éclairé, inspiré sur ce sujet du travail à l'ère de la visio : Elvira Bretillot, Pascal Chabot, Luc de Dampierre, Emmanuel de Dinechin, Frantz

Gault, Pierre Jacob, David Laillier, Dominique Massoni, Diane Mautin, Alexis Motte, Ous Ouzzani, David Remaud, Christophe SY, mon père… et, bien sûr, mes amis d'*Office et Culture* : Jean-Paul Fournier, Laëtitia Fritsch, Élisabeth Pélegrin.

Table des matières

Image de couverture : © Getty Images
Création graphique de la couverture : Raphaëlle Faguer

Ouvrage composé en Plantin
par Dominique Guillaumin

Cet ouvrage a été imprimé sur du papier issu
de forêts gérées de manière responsable.

www.allary-editions.fr

ISBN : 978-2-37073-483-9
Achevé d'imprimer en France par
Normandie Roto Impression s.a.s.
61250 Lonrai
N° d'impression : 2400280
Dépôt légal : mars 2024.